まさかの空戦

Eventful Air Raids

アガサ グリーン

Agatha Green

文芸社

まさかの空戦

目次

序

父は生粋のロンドンっ子だったから、親しい人とうち解けたときにはいくらかロンドンなまりが入るものの、少し改まった場ではきれいな標準英語（キングズ・イングリッシュ）で話す人だった。地元の大学で心理学を専攻した父は、半ば趣味として英国史の研究にも手を染め、その分野でも造詣が深かった。

その父が、まだ大学を卒業してまもない頃の話だ。

ある日、父は大学にほど近い英国文化振興会（British Council）のオフィスに立ち寄り、その掲示板に目を留めた。さまざまな告知が貼り出された中で、一つの募集告知が目を引いた。

「東京のミッションスクールが、キングズ・イングリッシュを話せる英語教師を招聘したいと考えている」

告知には、そのミッションスクールの理事長が記した趣意書も添えられていた。趣意書には、大略次のように書かれていたという。

連合国軍総司令部（ＧＨＱ）による占領が解け、日本は各国の理解を得て独立国として再び承認された。だが、その六年間の占領統治の間に、日本社会の中には米国語が氾濫するに至った。そのことを憂慮し、ここに本学は標準英語を教授できる人材を求め、招聘するものである……。

この時、父は二十五歳で独身。この英語教師の募集は、海外とりわけ東洋での見聞を広めるチャンスに思えた。そのチャンスを生かそうと、父は早々に日本へ渡る決意を固めたのだった。

同じ頃、第二次世界大戦による荒廃から復興しつつある日本の地には、やがて私の母となるうら若い日本人女性がいた。母もまた、ちょうどこの時期、東京にある大学の文学部を卒業したばかりだった。

当時の日本人は、大変な英語熱にとりつかれている最中だった。若い人々はこぞって英会話を学ぼうとし、日本に在留する英米人は教育者としての経験や資質の有無にはおかまいなしに、さまざまな場で英語講師として引っぱり出されたという。

母もまた英会話を学びたいという希望をもつ若者の一人だった。だが、雨後の筍《たけのこ》のように英語塾が乱立し、中には怪しげな「英語教師」もいる。そんな中、どこでどのようにして学んだものか。彼女は自分の父親、つまり私の祖父に相談をもちかけた。

祖父はもともと気象学の研究者だったが、戦争中は陸軍兵器行政本部のとある研究所の技術将校として、兵器の開発・製造に従事していた。謹厳実直、寡黙な人だった。研究者だから、戦前世代に属するにもかかわらず英語は堪能で、戦争がはじまる前は欧米に知己も多かったようだ。それだけの経歴をもつ人だから、英語学習についても助言してくれるだろう。母はそう考えたのだった。

祖父が英語を学んだ時代、正当な英語はあくまでイギリスの標準英語だった。そのせいだろうか、祖父は米国語ではなく標準英語を話す講師のもとで学ぶようにと、母に強く助言したそうだ。それが果たして実用的な助言であったかどうか、それは今となっては何ともいえない。けれども、祖父の助言がなければ母は父と出会わず、この世に私という人間も生み出されてこなかったのは間違いない。祖父の助言に感謝しなければならないのは、この私なのかもしれない。結局母は、教師生活の合間に父が開いていた私設の英会話教室に通いはじめた。

勤務先のミッションスクールでも、自分の英会話教室でも、父は標準英語の教師ぶりを遺憾なく発揮したようだ。

ミッションスクールの理事長が述べていたとおり、当時の日本で「英語」といえば、事実上「米国語」を意味していた。「Derby（ダービー）」の「er」の発音はアメリカ流の巻き舌で発音するのが正しいとされ、日本人達は慣れない巻き舌に苦労していた。父はその巻き舌を禁じた。イギリスの標準英語には「er」の巻き舌音などない。「きちんとダービーと発音しなさい」と言う父に、「ダービー」ではダメだと信じ込んでいた日本人達は面食らったに違いない。生徒の中には、アメリカ流に「ＯＫ」を乱発する者も数多くいた。父は会話の途中で鋭く口を挟み、その都度「All right」と言うように促したとか。父は英語教師ではなく、厳格な「標準英語」の教師だった。

とはいえ、ユーモアに溢《あふ》れ、英国紳士らしいマナーを身につけた父は、娘の私から見てもハンサムな人だった。英会話教室に通ううち、母と父との間には恋が芽生え、やがて二人は結婚した。父が二十六歳、母が二十三歳の春のことだ。私がいま日英両方の言葉を流暢《りゅうちょう》に話せる bilinguist に育ったのは、日本が国際社会に復帰して間もない頃のこうしたいきさつがある。

祖父は、娘夫婦に対しても、孫である私に対しても、常に優しい人だった。けれども、口数の少ない彼は、自分の若い頃の思い出を、私達にはほとんどといってよいほど語ったことがなかった。母にしたところで、若き日の祖父がどのような業績を残し、どのような人生を歩んできたのか、詳しくは知らなかったようだ。

ある年、我が家では古希を迎えた祖父の祝宴をホテルで催した。その宴席がよほど心地よかったのだろう。祖父は席上で、先の戦争のことを問わず語りに話しはじめた。戦争の思い出など、めったに話したことのない祖父。その彼が語るのは、太平洋戦争末期に北九州の小倉という所で起きた出来事だった。

公用で小倉に出張した祖父は、折悪しくそこで米軍のＢ29による空襲に遭遇した。北九州の小倉やその隣の八幡に林立していた工業施設が、中国奥地から飛来したＢ29の編隊による空襲を受けたのだ。祖父の出張先であった軍需工場の一部も被弾し、大きな被害が出たのだった。

だが、祖父が思い出深く語ったのはそれだけではなかった。

爆撃に参加した数多くのＢ29のうち二機が、日本軍の戦闘機によって北九州の地上に撃墜された。このときクルーと呼ばれる乗組員達のうち、たった一人がパラシュートでの降下脱出に成功した。単身敵国の地に舞い降りた彼は、逃避行の挙げ句に付近の住民と遭遇し、捕虜となった。その後、彼は脱走を試みて果たせず、持っていたピストルで自殺したという。

技術将校として軍需工場爆撃の顚末を詳細に報告すべく、祖父もこの事件の真相についてはいくらか調査したらしい。それだけにこの事件は、祖父の記憶に深く刻み込まれていたのだった。

この話に、父は非常に興味をもったようだ。私の通訳を介しながら、父は祖父に根ほり葉ほりさまざまなことを尋ねていた。北九州の地に降下した米兵の足取り、日本人と接触したときの立ち居振る舞い、そして自決した時の様子……。祖父は覚えている限り、その質問に丁寧に答えていた。

亡くなった米兵は白人だった。日本人にとってはイギリス人もドイツ人も、見たところさほど大きな違いのない「白人」に過ぎない。だが、当の白人はお互いの風貌や体格、何気ない振る舞い、他の人種に対する態度などから、相手の民族的出自を即座に類推するものだそうだ。

同じイギリス人の中にも、アングロサクソン系の白人もいれば、ケルト系の白人もいる。アメリカ人と一口に言っても、ドイツ系、フランス系、アイルランド系と、さまざまな出自がある。そのような違いに、彼ら白人は極めて敏感だ。

父は祖父が語るその米兵の振る舞いや、伝えられるその風貌などから、それはケルト民族の血をひくアイルランド移民の子孫ではないかと言った。さらに、その米兵が日本人に対して人種差別的な偏見をもたずに接しようとしていたという祖父の話から、アメリカ中北西部、とくに大穀倉地帯で白人が多く住み、なおかつ人種差別が少ないアイオワ州あたりが出身地なのではないかと推理したのだ。

この日耳にした話は、私の心にも深い印象を残した。日本人の母とイギリス人の父。異なる文化の狭間《はざま》に私は生まれ、両方が触れ合う接点に育った。その私の生い立ちが、誰一人知る者のない異郷の地に舞い降り、やがて自ら死を選んだ青年の心情に強い興味を抱かせたのだろう。

後年、父は五十三歳のときに本国の家督相続のために日本を離れた。イギリスの実家の事情があり、日本に残した母とはその後まもなく円満離婚した。祖父は七十九歳の天寿を全うしてすでに他界した。

私は母と二人で日本に暮らしながら、やがて語学力を生かして外資系の商社に就職した。その仕事の関係で、アメリカにはたびたび出張した。アメリカに恋人もできたが、結婚はせず仕舞いだった。今は母の面倒を見ながら生活している。

少しゆとりのある暮らしができるようになり、私はあの日祖父が語ってくれた戦争の思い出を、あらためて自分なりにたどってみることにした。当時を知る何人かの地元の老人に当時の様子を問い合わせ、数多くの資料でB29による初の日本本土爆撃の過程を調査し、日本でその迎撃にあたったパイロット達の手記にも目を通した。何ヵ月、何年とそうした作業を繰り返すうちに、私の眼前には一人の青年の姿がぼんやりと立ち現れてきた。祖国から与えられた任務を果たした末、若くして異郷の地に散ったアメリカの兵士。その兵士の幻と心の中で対話を重ねるうちに、やがて私の想像力がおぼろげだった彼に輪郭を与えていくのを感じた。

そのアメリカの兵士に、私はパット・フィーニという名を与えた。フィーニはアイルランドに古くから住むケルト系民族の中でも、名門として知られる家名だという。出身地はかつて父が推理したアメリカ中西部のアイオワ州が似つかわしく思えた。その設定の土台のうえに、私は先の戦争が北九州の地に生んだ物語を書き綴ることにした。

第一章　巨大機とともに

1　航空兵への道

はるか頭上を、ゆっくりと雲が流れていく。その流れをさかのぼるように目を遠くに転じると、アメリカ大陸の西側に連なるロッキーの山々が見える。アイオワ州、デ・モイン郊外の窓からロッキーの山並みまで。間を埋めるのは、なだらかな起伏を繰り返しながらつづく広大な平原。そして、その上に大きく開いた青空ばかりだ。

パット・フィーニは、開け放った二階の窓からその空を見上げていた。茶褐色の髪と瞳の青さは、母親そっくりだと人に言われる。その瞳の中を滑るように動いていく機影が一つ。雲の流れにさからいながら、ロッキーを目指して飛ぶ一機の軍用機だった。雲の動きの速さが、はるか上空での西風の強さを示していた。それに抗って懸命に飛ぶ軍用機を目で追いながら、パットはあの空の上から見るこのアイオワの大地の姿を思った。それは今、めまぐるしく変貌している最中であるに違いなかった。

大河ミシシッピ川とその支流ミズーリ川によって東西から挟まれたアイオワ州は、肥沃な大地に恵まれて大穀倉地帯を形成している。下流域を襲う大洪水の予防のため、フランクリン・ルーズベルト大統領は、ミシシッピ渓谷での大規模ダムや堤防の建設に取り組んでいる。一九三五年のこの時期、州人口は約二百五十万人。その住民のほとんどが白人で、全世帯の八割は農家。支持政党に一方的な偏りはないかわり、選挙民は「モラル」と「正義」を重んじていた。流域の治水と失業対策を兼ねた空前の大事業「ニューディール政策」に州民の関心が高いのも、その政策に人々は社会正義を感じたからかもしれない。

そのアイオワの州立大学で理工学を専攻するパットの自宅を、旧友のボブがぶらりと訪ねてきたのは、クリスマス休暇がはじまった頃だった。路地を折れてやって来るカーキー色のトレンチコート姿の男を窓の向こうに見つけるなり、パットはそれがボブであると悟った。顔ではなく背が高く肩幅の広い独特のシルエットが、ドアをノックする前からそう告げていたのだ。

高校時代、アメリカンフットボールの代表選手として活躍するボブの姿を、陸上部の練習フィールドから何度も見かけた。体の大きさに似合わない俊敏な動きに圧倒され、そのたびに彼なら短距離走の選手としても十分やっていけると思ったものだ。疾走するボブの姿は、全校生徒の憧れの的だった。その彼が親友になったのは、数学で勉強を手助けしてやったのがきっかけだ。校内で知らぬ者のいない花形選手が、いつしか俺、お前と呼び交わす親友に。パットにとってそれは、何よりも大切な高校での思い出となった。

ボブが、陸軍に入隊すると言い出したのは卒業数ヵ月前のことだった。食いはぐれがないとはいえ、快活で社交的なボブが、地味で堅苦しい軍人になるとは。面食らってそう口走るパットに、入隊の動機はアメリカンフットボールなのだと彼は答えた。軍の基地ではたいていチームが組まれ、近隣の基地との対抗試合が定期的に行なわれる。兵隊の訓練も、アメフトの基礎トレーニングだと思えば苦にはならないだろう。こんなボブの口振りに、不安になったのはパットのほうだ。グラウンドを走り回り、腕立て伏せを繰り返していれば軍人になれるという訳ではないだろう。だが、厳しい軍隊生活を案ずるパットを前に、ボブはただ笑っていた。

ドアを開けると、あの頃と変わらぬ笑顔がパットの眼前に現れた。

「クリスマス休暇でね。話のつづきをしなくちゃと思って、実家に帰る前に寄ったたってわけさ。暇かい、パット」

「暇じゃなくたって、お前ならいつでも大歓迎さ。けど、話のつづきって、何のことだ」

照れたような笑顔を見せたボブは、パットが促すのに応じてドアの中に入った。案内されなくたって、お前の家はよく覚えてる。そう言いたげにつかつかと居間に進むと、ボブはソファの一つに腰を下ろした。

「つまるところだな、パット。お前の言うとおり、ランニングと腕立て伏せだけじゃなかったたって話さ」

前置きもなく、まくしたてるのは相変わらずだ。心の中で苦笑しながら、パットは入隊以来のボブの苦労話を聞いた。

入隊した新兵たちが一同に会すると、最初に待ち受けているのは「宣誓」のセレモニーだ。

「『アメリカ合衆国に忠誠を尽くす』っていうのは、そのとおりさ。俺だって軍人になろうと覚悟を決めて入隊したんだから、宣誓の中身には驚きゃしない。問題はその後さ。いや、問題なのはその前だったのかもしれない」

宣誓セレモニー前の準備期間、上官達は入隊予定者の前で笑顔を絶やさず、隊内は歓迎ムード一色だった。ここはアメリカンフットボールのチームなのかと思ったぐらい、和気《わき》藹々《あいあい》とした雰囲気。これなら、下手に会社勤めするよりも、よっぽど先行き明るいかもしれない。ボブはそう思ったという。

だが、チームの歓迎ムードも宣誓セレモニーまでの話だった。セレモニーが終わった途端、上官達の新兵に対する態度はがらりと変わる。中でも苦労させられたのは、試験期間の最初の六週間、新兵の訓練を指揮するサージャントと呼ばれる下士官兵だったとボブは振り返った。長く軍隊生活をつづけてきた彼らは、経験はすこぶる豊富なのに階級は下士官止まり。その不遇への悲哀と不満は、いつもその胸の中でふつふつと煮えたぎっている。一日じゅう新兵達をどなり散らし、時には手が出る。体罰禁止の告知板が有名無実化しているのにたまりかね、新兵の一人が中隊長に直訴したときのことをボブは憤懣やるかたなしという調子でまくしたてる。

「目のまわりの黒あざを見せながら、そいつはサージャントの暴力を何とかしてくれと頼んだわけさ。ところが、しげしげと黒あざを眺めた中隊長は笑って言うんだ。貴様、扉の板にでもぶつけたんだろうって。俺がそんな間抜けなことするかって。いや、その、『俺』

ってのはこの俺じゃなくて、その直訴した新兵だぞ。念のため」

笑って頷《うなず》きながら、パットは思った。その新兵はボブ自身に違いない。

試験期間中、聖書以外の読書は禁じられ、軍隊特有の兵営語もマスターしなければならない。実戦に慣らすための模擬演習では、新兵同士で模擬弾を撃ち交わし、頭上でうなりをあげて飛び交う砲弾の下を匍匐《ほふく》前進させられて恐怖と危険を体得させられる。

「匍匐前進がようやく終わって立ち上がったとき、待ち受けていたサージャントが『おいボブ、何のまねだ』って聞くんだ。気が付くと、俺のズボンが半分ずり落ちてる。『次はパンツもおろす気か』ってさんざんこけにされた挙げ句、罰として演習場を一周走らされたっけな」

失敗を笑い飛ばしながら語るボブの話は、パットにはまるで別世界の物語だった。だが、途方もない苦労話をしながら、ボブはどこか楽しそうでもある。

食事メニューの定番は豆スープと、ハムソーセージに野菜をあしらったものに固いパン。薄味だったが、どうにかいける。夕闇の迫る頃になると、兵庭でギターの弾ける奴を囲んでカントリーアンドウエスタンを歌ってうさを晴らす。隊舎生活が長くなるうちに、酒と女に滅法強い上官がいることもわかってきた。ボブに言わせると、このあたりまで飲み込めてくると新兵たちも一人前になる日が近い。軍隊が大きな家族のように思えてくるのもその頃だ。

ボブは所属基地のアメフトの代表選手の一人として、近隣基地との対抗試合に出場した。応援にやってきた若い隊員や上官達の目の前で見事なプレイを連発して以来、怖い上官達もどこか温もりをもって接してくるようになったと、ボブは話した。

よく聞けば、苦労話のいちいちは、厳しい試練に耐え抜いた自信に溢れている。新兵訓練の過酷さは口をついて出てくるが、陸軍航空隊そのものへの悪口は一言も出ない。

「まあな。腹が立つことも多いが、馴れてくると上官にも言い分はあるんだってことがわかってきたのかもな。何せ、集まってくる新兵の中には、軍隊はおろか、普通の会社でも通用しそうもない奴だっているんだ」

新兵の中には、頭の中から「階級」というものがすっぽり抜け落ちている者が少なくない。それが上官達、中でも現場で指揮を執る下士官達にとっては頭痛の種なのだった。階級秩序というのは、軍隊が軍隊である根拠の一つなのだと、ボブは言う。

「だってそうだろう。隊長に撃てと命令されてるのに、兵隊がボクはいまその気になれないんです、なんてぬかしはじめたら、部隊は全滅間違いなしだ。ところが、そんなことを言い出しかねないような奴がいるのさ」

昔気質の下士官達が、そうした新兵達の根性を叩き直そうとムキになるのも無理はない。それに、冷静に見てみると、米国陸軍航空隊（ＡＡＣ）は陸軍の他の組織や海軍などと比べて、ずっと風通しのよい、現場に軸足を置いた組織なのだ。ボブはパットにそう語った。

陸軍では一般に、ウェストポイント士官学校出の将校達が圧倒的に幅を利かしている。現場経験は乏しいくせに、若いエリート達の出世は早い。それは当初、航空隊でもおなじだった。

第一次世界大戦（一九一四～一八）に初めて出現した爆撃機による都市空襲は、英独双方に大きな損害を与え、巻き添えで多数の非戦闘員が犠牲になった。第二次世界大戦（一九三九～四五）が起こるまでの戦間期約二十年間、その事実は米英の指導者の間に大きな精神的トラウマを残した。爆撃の是非をめぐって、軍事関係者や政治指導者たちは深刻なジレンマに陥ることになったのだ。この戦間期の初め、世界の風潮は爆撃機の使用制限または完全廃止だった。前者は一九二三年のハーグ戦時法規改正委員会で、後者は一九三三年のジュネーブ軍縮会議で、それぞれ宣言または勧告が出されている。内政重視のニューディール政策を掲げて初当選したルーズベルト米国大統領もまた、一期目の四年間はこの軍備縮小政策を基調にしていた。

「イギリスは爆撃機の使用制限を主張しているのに、ルーズベルト大統領はその完全廃止こそ非戦闘員の巻き添えによる被害を避ける道だと強調していた。察するに、わが大統領は、爆撃機の性能など戦況の帰趨《きすう》を決する主力兵器ではないと見くびっていた節があるんだな。ところが、最近になって上級将校の間でささやかれている噂があるんだ。何年か後の軍の編成、次の戦争のスタイルにかかわる噂だ」

ボブは居間の中なのに、あたりをはばかるようにちょっと声を落とし、他言無用と念まで押して先をつづけた。

新興の強国日本を含め、列強の軍艦の保有制限の面では軍備縮小は成果を挙げた。だが、その軍備縮小が、早晩転機を迎えるかもしれない。ヨーロッパ戦線で航空部隊の実戦に参加していた英米の将軍や将校の間には、これからの戦争では従来型の陸海軍よりは航空兵力が優位にたつとみて、独立した空軍を創設すべきであるという主張が出始めているのだ。当然ながら、空軍の威力を過小評価しかできない従来型の将軍は猛反対だ。米陸軍航空隊（AAC）も、一九三五年に航空総司令部が設置されるまでは軍用機への理解に乏しい陸軍将官の配下に置かれ、兵員は大きく削減され、士官の昇任も遅れがちであった。だが、いまや陸軍航空隊では司令官や上級将校達に、士官学校の出身者は少なくなりつつある。第一次世界大戦での死闘に生き残った生え抜きのパイロット達が、戦後の航空隊を支えてきたからだ。むしろ彼らは、軍用機の操縦や運用の経験の乏しい将官らがとぐろを巻いている陸軍首脳部の配下から抜け出し、独立した空軍の創設を秘かに目指しているというのだ。

「問題は最終的には政治の判断、ワシントンがどう考えるかってことさ。ほら、担任の先生も言ってたじゃないか」

二年前の一九三三年、高校卒業間際の時期に自分やボブを受け持った先生が、進路選択にあたっては政治の動向を見極めるのも大切だと話していたのをパットも憶えている。当時、初当選したばかりのルーズベルト大統領は内政重視のニューディール政策と中立主義を公約に掲げ、二度と米国の若者達を海外派兵しないと繰り返し述べていた。その政策がつづくのなら、軍人になっても活躍の場は少ない。だからこそ、ボブが軍人志望と聞いたパットは驚いたのだ。

「俺の場合、アメフトやりたさ一心での入隊だったから、政治はどうでもいいように思えた。けど、パット、お前はそこまで考えたから大学に進学したんだろう」

「いや、俺だってそこまでは考えちゃいなかったさ。まあ、つまるところ血がそうさせたってとこなのかな」

電気工事請負会社で主任技師を務める父の影響からか、二人の兄もパットも幼い頃から理科や数学には秀でていた。上の二人がどちらかと言えば学究肌だとすれば、幼い頃から家中の機械類をばらしては組み立て、壊しては直ししていたパットは実践家だ。父はことあるたびにそう語り、暗にパットが自分の跡を継ぐのを期待しているそぶりを見せた。理工系の理論を学んで学士号を取得すれば、より専門的な電気工事の仕事も開拓できる。機械いじりに没頭して何度も夜明かししたことのあるパットにとっても、その方面で食べていけるというのは悪い話ではないように思えたのだ。

「ウン、そりゃあわかる。だがな、これからワシントンの路線が変われば、理工系の頭と腕が揃った奴は軍でも引っ張りだこかもしれないぜ、パット。最新技術を詰め込んだ爆撃機を見ると、優れた技術を空に展開できた国が、これからの戦争の勝者になる」

「最新技術？」

「パット、お前、この辺りの上空を軍用機が飛ぶのを何度か見てるだろう」

「そりゃあ、ときどきは」

「その中に、陸軍の最新鋭機も混じっていたはずだ」

パットはつい先だって、窓から見上げた軍用機の機影を思い出した。たちどころに遠ざかった飛行機の輪郭はぼやけ、やがて後ろから機影を追いかけていくエンジンの余韻が風音にかき消えたのを覚えている。

「そういえば、双発の銀翼が日の光をきらきらと照り返しながら飛んでいくのを見たばかりだ。俺は飛行機に詳しいわけじゃないが、流線型のフォルムには無駄を削《そ》ぎ落とした気品があった。強い西風を突いて、ロッキーのほうへ向かって飛んでいったよ」

パットがこう言うのを聞いて、ボブは頷きながらちょっとうれしそうに言った。

「そう、それさ。Ｂ10って言うんだ」

ある日、パイロット養成コースを履修中の幹部候補生と、彼らを訓練指導するパイロット将校団とを乗せた輸送機が、ボブの所属基地からコロラド州デンバーのマーチン社付属飛行場に飛んだ。雑用係の兵士が何人か同乗したのだが、その一人がボブだった。

一行の旅の目的は、世界初の金属製双発爆撃機Ｂ10の量産を開始した工場の視察だ。Ｂ10の試作はワシントン州シアトルのボーイング社で行なわれ、その後改良が重ねられた末、量産はマーチン社が受注している。視察団を歓迎するように、硬質の光を放つB10の機体が整然と並べられているのを見て、ボブは身が引き締まるような興奮をおぼえたという。

「正直言って、心底自分も飛行機を駆って作戦任務に就きたいと思ったのは、あの時が最初さ」

離陸すると引き込み車輪装置が働き、爆弾を翼下に吊していた従来型の爆撃機と違って、爆弾一〇〇〇キロを機内弾倉に格納できる。最高時速は三四〇キロ超、実用上昇限度は七二六〇メートルにも達する。

ボブがまるで身内の者を自慢するように語るのに頷きながら、パットは自分もまた「最新技術」という言葉に魅了されていくのを感じた。

新兵訓練のあれこれから、最新型爆撃機の話まで。話題豊富なボブのあの日の来訪から半年、世界には大きな変化が生じた。ボブの話を聞いた頃、軍の飛行機ははるか頭上の話であり、戦争は遠い過去かずっと先の未来にあるように思えた。だが、半年を経た今、人々は国内の経済政策ばかりではなく、厳しさを増す国際情勢にも目を向けはじめている。アメリカの中では人種差別の傾向が薄いアイオワ州だが、パットはドイツやドイツ人を語る人々の口調に険しさが募りはじめているのを感じていた。

この州で多量に収穫されるとうもろこしなどの農産物は、海を越えて世界各地の市場に散らばっていく。広大な農場を抱える農場主、そこで働く農夫達が集まり騒ぐ居酒屋、男たちの髪を刈る床屋から女たちが買い出しに訪れる食品店まで。それらすべてが、世界の穀物市場とつながっていた。穀物相場の上下は州のあらゆる人々の暮らし向きを左右するから、近くのシカゴ商品取引所から刻々と伝えられる国際情勢に農場主や農夫達はいつも耳をすましていた。その人々の会話に「ドイツ」や「ナチス」といった言葉が増え、やがて「戦争」という単語が頻繁に飛び交いはじめた。とうもろこしの作付《さくづ》けがはじまる頃、相次いだ相場の微妙な変動がきっかけだった。

ナチスが台頭したドイツではいよいよ空軍が創設され、その軍備の拡張はめざましい。しきりにイギリスやフランスがなだめにかかっているものの、やがてヒトラーは周辺の国々に向かって牙をむくに違いない。ヨーロッパで戦争がはじまる。そのときに、穀物市場はどう動くのか。

このごろ親父たちはその話でもちきりだと、昨日も近くの農場主の息子からパットは聞いた。国際情勢に敏感で先の先を読むことにたけた農場主達が、戦争が近いと言いはじめている。いつのことになるかはわからないが、やがてその予測は現実のものになるだろう。

パットは胸の中でボブの声が響くのを聞いた。

「パット、お前には優秀なパイロットになる素質がある」

開けっぴろげで豪快な声。聞いた当時はお世辞半分に聞こえたその言葉が、戦雲のたれ込めはじめた今、自分の中で不思議な輝きを持ちはじめているのに気付く。

〈米陸軍航空隊、ＡＡＣ〉

親友が所属する軍の組織の略号をつぶやきながら、パットは自分の中のエンジン・ギアが静かに切り替わろうとしているのを感じた。あのときのボブの話のとおり、政治はこれから確実に軌道修正し、軍の、とりわけ新鋭の航空隊の強化に乗り出すだろう。そのとき、軍は理工系の頭脳と技術とを兼ね備えた若者を必要とするはずだ。

〈この俺なら、航空隊の役に立てるはずだ。それも、最新の軍用機を操って敵を叩くパイロットとして〉

あの日、ボブは相変わらず理数系で苦労していると言っていた。航空兵養成に必要な学習が進むにつれ、科目によっては数字の羅列が目立ちはじめる。もともと数学や物理が苦手なボブにとって、それは頭の痛い問題だった。パイロットと幹部候補者を選抜する試験でボブは、適性検査や実技をクリアしながら学科試験で落とされたという。

それでも自分は、今では航空隊に愛着を感じていると、ボブは力強く言っていた。地上勤務なら新兵訓練の指導教官、機上ならば射撃手や通信手としての勤務は可能だ。航空隊には自分が役立つ分野は他にもたくさんある。ボブはそう確信しているようだった。

そのボブがソファに座り直し、真顔でこう言ったのだ。

「ところでパット、俺の目から見ると、お前には優秀なパイロットになる素質が十分あるよ」

雑用係としてかいま見た最新の爆撃機のメカニズムに圧倒されたとき、不意にお前のことを思い出したのだと彼は言った。高校時代、数学の試験のたびに、教師以上に手際よくポイントを教えてくれた親友。電気系統に滅法詳しく、日曜日には機械いじりをして過ごすその親友なら、この複雑な技術の塊を難なく飛ばすに違いない。そう思ったのがここに来た理由の一つなのだと、ボブは言い残して去っていった。

政治や軍事に疎い自分がぼんやりしている間に、国家はこの自分を必要としはじめているのかもしれない。ひと足早くその兆しに気付いたボブは、それを告げておきたかったのだろう。一つの思いが徐々に明確な輪郭をもち、心の中に像を結びはじめるのを感じながら、パットは窓際の椅子から立ち上がった。

ドアを開け、廊下を右に進むと階段だ。その手すりに手をかけ、一段、また一段と足を踏みしめる。若者の決意の言葉は、たいていこの数歩か数十歩のうちに研ぎ出され、親を驚かせる。その驚きが「嘆き」として表れるか、「励まし」の言葉へと形を変えるか。それは若者の決意の深さと、時勢の流れ次第だ。

階段の最後の一段を降りると、開け放たれたドアから居間が見えている。新聞を広げる父の頭には、いつの間にか白いものが混じりはじめている。親の老いに微かな心の痛みを感じながらも、パット・フィーニの胸の内でエンジンはすでに動きはじめている。

これから発するその言葉を心の中で確認しながら、パットはまっすぐ顔をあげて居間に向かった。

〈父さん、大学を中退したいんだ。僕は米陸軍航空隊、ＡＡＣに入隊しようと思う〉

2　南太平洋の前線基地

一九三六年、パットが入隊した基地で最初に受けた陸軍兵としての基礎訓練は、ボブが話していた新兵訓練の模様と大差なかった。難関のパイロット幹部養成コースに進んだパットは、優秀な成績を収めた。適性検査の後、多くの同期生は戦闘機乗りを望んだ。だが、パットは上官から爆撃機を勧められている。華々しい空戦で活躍するのを夢見る航空兵は多いが、これからの空軍の本当の使命は別のところにある。優秀な技量は、その使命に生かすべきだ。こう語る上官の熱心な説得に応じ、パットは爆撃機のパイロットになる道を選んだ。上官は、この時期陸軍航空隊が大きく変貌しつつあるのを熟知していたのだ。

同じ一九三六年、前年設置された陸軍航空総司令部の司令官代理になったアーノルド少将は、近い将来、独立した空軍を創設することを構想していた。その構想のもとでは、個別の戦線を援護するのではなく、独自の戦略によって行動する爆撃部隊こそが主要な決戦兵力になるというのが彼の持論だ。その構想に即し、軍の研究開発グループは次々と革新的な機体設計図を作成した。それを手にした民間航空メーカーの各社は、豊富な政府資金に支えられて見事な成果を挙げつつあった。

　パットが操縦手見習いとして最初に乗ったのは、大学生時代にロッキー山脈を目指す姿を見たあのＢ10だった。のちにこの双発中型爆撃機の同型機は英軍による初期のドイツ本土空襲に反撃して大活躍するのだが、パットらが空輸したハワイのオワフ島のヒッカム飛行場に駐機していたＢ10は、日本海軍機の奇襲によってことごとく破壊された。パットが少尉になった一九三七年の四月になると、ドイツの義勇空軍部隊がスペインの古都ゲルニカを猛爆し、徹底的な破壊を加えた。爆撃という手法は、今や大きく形を変えようとしているのだ。

　ゲルニカ爆撃と同じ年、四発重爆撃機の量産型Ｂ17が基地に配備された。パットはその性能のよさに目を見張った。とくに目をひいたのは、高高度からの精密爆撃を可能にしたノルデン爆撃照準器が具備されていたことだ。この装置は軍事的にきわめて有用であるばかりでなく、政府の航空予算の獲得にも大きく貢献する。最新鋭の装置について、基地司令官はそう語った。

　別名「空飛ぶ要塞《フライングフォートレス》」と呼ばれるＢ17は、その後も量産され、一九四一年十二月、ルーズベルト大統領がそれまでの中立主義を捨てて日独に宣戦布告した後、ヨーロッパ戦線とニユーギニアのポートモレスビー基地に配備された。ルメイ少将のもとではドイツ本土の大都市無差別爆撃に活躍し、南太平洋では日本軍の最大基地ラバウルをはじめ、日本軍が占領した島々の空爆に参加している。このB17は後にB29のクルー達の戦闘訓練に用いられ、その運用習熟が彼らの技能を高めることになる。

日米開戦直前、陸軍航空軍（AAF）に改称された全軍のパイロットは五百三十名、そのうち重爆撃機を操縦できる一級パイロットは九十名、二級パイロットは六十四名だ。だが、「リメンバー・パールハーバー」という大統領の呼びかけに応じ、全国の若者達は陸軍パイロットになるために続々入隊してきた。

開戦後、パットが配属されたのはニューギニアにある米豪合同のポートモレスビー空軍基地だった。先遣部隊の一員として輸送機で急派された彼が見たものは、零式海軍戦闘機《ジークまたはゼロファイター》（零戦《ゼロせん》）を中心とする圧倒的優位を誇る日本軍の空軍力だ。三〇〇〇メートル級のオーエン・スタンリー山脈を越えてやってくる日本機によって基地が破壊されたこともあり、この戦域ではやられっぱなしの状態がつづいた。

ようやく多目的双発戦闘機のP38《ライトニング》が投入されて、優位に立ったのは一九四三年からだった。この年の三月、海軍の手を借りずに敵の大護送船団を八隻壊滅させ、空中戦では敵機およそ五〇機を撃墜する大戦果をあげ、米軍側の損害はB17とB25各一機、P38が三機。のちにビスマルク海戦と言われるこの勝報が基地に届いた時には、開戦以来聞いたことのない大歓声が上がった。

それもつかの間、五月にラバウル基地の夜間爆撃を行なったB17の僚機二機がその下腹部の急所を狙われ、敵海軍双発夜間戦闘機「月光《アービング》」の餌食になった。ともに出撃して無事生還したパットは、犠牲の衝撃と悔しさを噛みしめるしかなかった。敵陸軍が月光と同型機の「屠龍《ニック》（とりゅう）」を投入してきたのもこの時期だった。だが、二〇ミリ機関砲しか搭載しない屠龍は、パット達の駆る爆撃機にとってそれほど大きな脅威ではなかった。

前線基地の抱えた困難は、日本の陸海軍機との激しい戦闘ばかりではなかった。基地では5M（注1）、のちには1M（注2）が加わり、多くの兵士が倒れた。熱帯の戦場そのものが敵となって自軍を包囲する中、それを持ちこたえたパットは戦地で中尉に昇任していた。

注1：5Mとはmosquitos（蚊）、mud（ぬかるみ）、mountains（山脈）、malaria（マラリア）、monotony（単調）

注2：1Mとはmalnutrition（栄養失調）

3 サライナの日々

ソロモン・ニューギニア戦線を離れ、本国へ帰還せよ。パットに命令が下ったのは、一九四三年十月終わりだった。

南太平洋戦線での従軍期間が長くなった頃、パットは基地での地上勤務が主になっていた。実のところを言えば、パットは常に搭乗機を割り当てられ、実戦に参加しつづけたいと思っていた。だが、上官は彼の抜群の技能と技術的知識を敵の弾丸の前にさらそうとはしなかったのだ。

その頃、パットの重要な任務の一つは、捕獲敵機の分析だった。日本軍の軍用機のエンジン構造を調べ上げ、その操縦法や飛行特性、ひいては弱点までも割り出す。その作業を繰り返して日本機の操縦法やエンジンになじんだ彼は、この頃には部品さえあれば日本機の修理さえ引き受けられそうだった。無傷の捕獲機があれば、実際に空を飛んでみせただろう。

戦闘機乗りや爆撃クルーの頭は、地上にいても空に上ってからのことばかり考えるようにできている。愛機がトラブルを起こしはしないか。敵機との空戦にうち勝つには、どこが狙い目なのか。その彼らにとって、味方の技術トラブルを引き受け、敵機の操縦法まで探り出すパットは貴重なアドバイザーだった。

実戦への参加を希望するたびに、パットはその能力を部隊全体のために生かし、味方の戦果を後押しするのが使命だと説得された。そうまで言われれば、引き下がるしかない。パットは部隊の「財産」だったのだ。

〈その自分が、なぜ今になって本国に?〉

突如帰国を命じられたパットの疑問への答えは、母国のカンザス州にあった。

高度科学技術の粋を集めた怪鳥が、アメリカ中部の砂漠地帯で続々と孵化《ふか》していた。

カンザス州ウィチタのボーイング飛行場でB29試作機が初めて空を飛んだのは、一九四二年九月。以来、技術的問題を乗り越えて量産がはじめられた実戦機は、二万五〇〇〇フィート（約七六〇〇メートル）の高空を時速三五七マイル（約五七五キロメートル）で巡航できる。最大九トンまでの爆弾搭載が可能で、航続距離も三五〇〇マイル（約五六〇〇キロ）に及ぶ。一二・七ミリ機銃一〇門と二〇ミリ機関砲一門。「超《スーパー》・空の要塞《フォートレス》」という呼称にふさわしい重武装は、敵地爆撃にあたって、戦闘機の護衛すら必要としない。

——その怪鳥を熟知し、巧みに操る技を身につけよ。

それが、南太平洋から帰国したパットに与えられた使命だった。

世界各地の戦線から、技能に秀でた若手の航空兵が集められた。彼らはボーイング社の製造ラインに出向し、部品の一つ一つが手になじむほどにB29の機体に触れながら、内部の構造を知り尽くした。巨大な要塞に組み込まれた無数の機器のつながりを理解し、計器の位置を網膜に焼き付け、あらゆる操作を指に覚え込ませたのだ。

次いでパット達は、同じカンザスのサライナに創設された第20爆撃兵団に配属され、その飛行訓練学校でB29による実戦訓練を開始した。第20爆撃兵団はアメリカ陸軍航空軍最高司令官アーノルド中将直属の兵団で、戦略爆撃を専門とする組織だった。その初代兵団長はウォルフ准将が就任していた。

敵の産業基盤を破壊し、戦争継続を困難にする戦略爆撃。それがこの戦争の帰趨を決する。アーノルド中将はそう確信し、早い時期からB29の実戦投入をホワイトハウスに進言しつづけていた。

一九四三年春、アメリカのルーズベルト大統領とイギリスのチャーチル首相は、実用化のめどが立ったB29の使用方法について合意に達した。米英はヨーロッパ戦線で、すでに優位に立っている。Ｂ29は、いまだ強い抵抗を示している日本への攻撃に投入する。それが二人の巨頭の結論だった。

まず、Ｂ29の実戦部隊として第58爆撃飛行団が組織された。次いで指揮組織の上部機関として、第20爆撃兵団が設けられた。兵団司令官はウォルフ准将。彼はアーノルド中将の指示を受け、対日戦略爆撃の準備を開始した。「マッターホーン計画」のはじまりである。

その最初のステップが、実戦配備可能なＢ29の量産と、それを自在に操る優秀なクルーの育成だった。

一九四四年一月時点で、実際に空を飛べるＢ29はわずか一六機だった。訓練にはＢ29の登場まで、最大の爆撃機だった「空飛ぶ要塞《フライングフォートレス》」Ｂ17が代わりに使われた。その間、ウィチタでは猛ピッチでＢ29の生産がつづく。昼夜兼行、「カンザスの戦い《バトル・オブ・カンザス》」と呼ばれる官民あげての突貫生産である。わずか四ヵ月後、工場労働者達はじつに一五〇機を完成させた。戦争は砂漠の工場の中にもあった。

一方、訓練にあたる航空兵達には、六分冊二千ページに及ぶマニュアルが与えられた。「超・空の要塞」は個人の経験や勘、師弟間で伝授される秘伝の類に頼って操られるものであってはならない。あくまでも普遍的な技術によって動く兵器であり、その技術は誰もが理解できる合理的な方法で教育される。定められた通りの操作さえすれば、「超・空の要塞」はけっして手に負えぬ怪物ではない。実用的で合理的な「思想」が貫かれた。

ある日、ウィチタを政府高官が視察に訪れた。その面前で兵団からの出向社員数人を集め、マニュアルを五分間熟読させた後で指示通りの操作を試みさせた。すると二十分もしないうちに怪鳥は呼吸をはじめ、その心臓は鼓動を打ちはじめた。エンジンが動いたのだ。高度技術の塊も、手順を踏めば素人に近い者でも動かせる。この単純な事実は高官を驚かせた。

マニュアルさえマスターすれば、あらゆるクルー達に操作できる。そう実感できてこそ、クルーたちは怖れずにB29に乗り組み、躊躇せずに任務に赴く。その信頼性があればこそ、政府も巨費を生産に投じる。膨大なマニュアルはB29の動かし方が書かれたテキストであると同時に、軍全体の信頼を勝ち得るためのバイブルだった。その信頼性に身を委ね、パット達は開発後間もないB29の操縦訓練、戦闘訓練に挑んだ。パットは大尉に昇格していた。

4　ハンプ越え成都へ

一九四四年四月、第20爆撃兵団は、当時イギリスの植民地だったインドのカルカッタ近郊に司令部を置き、そこを拠点にして実戦に向けた準備を開始する。B29は続々と米本土を飛び立ちはじめた。

カンザスからカナダのニューファンドランド島を経て、北大西洋をひと飛びして北アフリカのマラケシュ（モロッコ）へ。そこからエジプトのカイロ、パキスタンのカラチと渡り、インドのカルカッタ郊外に造成されたチャクリアをはじめとする各基地へ。日米の主戦場である太平洋を避け、兵団は主としてイギリスの植民地づたいに地球の裏側を半周した。

数機ずつ編隊を組んで飛び立ち、二万一〇〇〇キロを転々と移動するB29の群。次いで、おびただしい量の爆弾や銃弾それに燃料など、必要な物資が輸送船団で後を追う。ぎこちない自己紹介を皮切りにして出会った各戦線の兵士達が、訓練の時から十一人ごとに一つのクルーを組んだ。彼らは全長三〇・二メートル、幅四三・一メートルの爆撃機に一緒に乗り合わせて戦場に飛ぶチームであり、はるか上空で互いの命の鍵を預け合う戦友だった。十一人は各愛機の頭脳となり、内臓となって地球半周の大遠征を成し遂げた。

カンザスから一ヵ月あまりをかけ、パットのクルーはカルカッタのチャクリア基地にたどり着いた。愛機から降り立ったパットは、はるかかなたの大都会カルカッタから吹き渡る風に、汗くさい臭いと鼻の奥をくすぐるカレー・スパイスの香りとが入り混じった埃っぽいインドの風をかいだ。

二ヵ月近く前の四月二十六日、二機のB29がチャクリア基地から中国・成都《チョントウ》に向かった。その二日前に「ハンプ越え」したウォルフ准将一行につづく第二陣だった。「ハンプ(hump)」はラクダの瘤《こぶ》を意味する。ヒマラヤを越え、インド亜大陸から中国の大地へ。その山越えの空路を、米英の空軍関係者はこう呼んだ。

二機が基地を飛び立ち、いよいよ「ハンプ越え」にかかる直前だった。ビルマ上空で、右後方から迫る一二機編隊の隼《オスカー》を発見した。隼は一二・七ミリ機銃二門を装備する日本陸軍の主力戦闘機だ。やがて、そのうちの一機が翼をひるがえして攻撃をしかけてきた。応戦するB29との間で二十分以上の空中戦がつづいた。何度か近づいた隼が機銃掃射を繰り返すうちに、B29は何発も被弾した。

パットはある日の打ち合わせの合間、伝え聞いたその戦闘の模様をクルー達に語って聞かせた。

「それを見て、てっきり仕留めたつもりになったんだろうな。隼は攻撃を打ちきり、姿を消したそうだ。だが、仕留められてなんかいない。こっちはびくともしなかったんだ」

パットが聞いたとおり、機銃を浴びたB29は無事「ハンプ越え」を成功させ、成都の基地になんなくたどりついた。被弾による乗員の負傷はあったが、B29は敵の主力戦闘機の攻撃を鼻であしらい、悠然と飛びつづけたのだ。

それはB29にとって初めての実戦だった。日本の主力戦闘機と遭遇しながら、B29は墜ちないどころか、あの困難な「ハンプ越え」を平然とつづけた。

ソロモン・ニューギニア戦線でパットは、隼にこっぴどくやられてふらふらと帰投した友軍機を何度か修理している。友軍機の数や性能が増すにつれて被害は減ったが、それでも隼は気を抜けない敵だった。その隼から命中弾を食らいながら問題なく飛行しつづけたという話を仲間達に聞かせながら、パット自身、「超・空の要塞」の防御力をあらためて見直す思いだった。

「あの隼を鼻であしらったんだ。俺達を墜とせる戦闘機を、日本はもっていない」

六月初旬、パット達にも「ハンプ越え」の命令が下った。中国・成都に向けてチャクリア基地を飛び立った直後、パットの視界には黒ずんだ藍色をたたえたベンガル湾が広がった。吸い込むような海面のところどころが、白くささくれだっていた。南西から力強く吹き上がるモンスーンが生む波だ。

夏を迎えたアジアの風。それはヒマラヤを越えて北方の営巣地《えいそう》に渡るアネハ鶴の群を後押しする。その渡りの風が吹きはじめるのを待ちかねたように、第58爆撃飛行団もまた中国内陸部の成都近郊の各基地に向かった。パット達が目指したのは、その一つ、彭《ボン》山《シャン》基地だった。

だが、この渡りの最中に異変が起きた。高度を上げてヒマラヤの東端をまたぐ頃、クルーが体の異常を訴えはじめたのだ。ひっきりなしに耳の奥がツンと押されたようになり、唾を飲み込んでも飲み込んでもおさまらない。頭痛がする、耳鳴りがひどい……。パットのレシーバーにはひっきりなしにクルーの声が飛び込んだ。

与圧装置のパワー・ダウンだった。尾根を越えたら降下するから踏ん張れと叫びながら、パット自身も耳鳴りと頭痛を払いのけるように頭を振りつづけた。

こうして多くのトラブルを乗り越え、第20爆撃兵団はその主力を中国・成都近郊の各基地に集結させた。地球儀で日本列島の九州から真西に向かって線を引くと、その線上には成都、さらにその先にはカルカッタがある。カルカッタ、成都、日本。パット達が飛んできたルートは、そのまま兵団の根拠地と日本とを最短距離で結ぶ大圏航路にあたる。

　その線に沿って基地を配した「マッターホーン計画」は、遠大で周到だった。

「ハンプ越え」の末にたどりついた彭山基地で、あてがわれた隊舎の窓から基地周囲でうごめく無数の中国人達をパットは見た。ある者達は土や砂利をもっこで運んで往復し、別の者達は土砂がぶちまけられた地面をならし固めている。中には女や子供達も入り混じっていた。近隣の農村からかき集めた大勢の中国人達を使って建設された基地は、今なお整備の途上にあるのだ。

　三十万人。建設を指揮する工兵から動員数を聞き、パットは驚愕した。自国の領土をむしばむ敵に打撃を与えるために、中国の貧しい農夫達が農地ではなく基地の地面に汗をしたたらせている。彼らが祖国の大地に注ぐ汗もまた、世界を覆う戦争の一部だった。

「カンザスの戦い」に従事した膨大な数の航空産業界の労働者、カルカッタ郊外の基地建設で砂埃にまみれたインド人、そして大陸奥地に前線基地を出現させたおびただしい数の中国人。無数の人々によって、長大な戦線が築き上げられていた。

パットは伸びつづけてきた戦線を思い描いた。古代の中国人は数千マイルもの長城を辺境の草原に築いたが、第20爆撃兵団は空の上に地球を半周する進撃路を切り開いてきた。その最先端が、自分達だ。

第二章　出撃の日

1　作戦会議《ブリーフィング》

出撃前のブリーフィングには、いち早く新津《シンチン》基地まで出てきた第20爆撃兵団司令官のウォルフ准将や参謀長ハンセル准将以下、兵団の幹部が勢揃いしていた。それを見ただけで、パット・フィーニ大尉には任務の重大さが予感できた。他の隊員達も同じだろう。説明を待つ間、広いブリーフィング・ルームにはいつもと違う引き締まった空気が漂っていた。

正面の大型地図に大きな布が被《かぶ》されている。隊員達の目は、嫌でもその布に吸い寄せられる。布の向こう側の地図には、自分達の飛行ルートがすでに描き出されているはずだ。

部屋の重たい空気の中で、隊員達の咳払いが大きく響いた。

やがて前に並ぶ将校達が頷《うなず》き合い、佐官の一人が地図の傍らに歩み寄った。彼の手が伸び、布を一気に払いのけた。ベールの下から地図が姿を現した。

いくつもの線や印が書き込まれた、極東地域の大地図。中でも目を引くのは、浮き出すように太く描かれた赤い点線だった。中国奥地から日本へ。いま一同が会しているここ成都・新津から九州まで、点線はためらうことなくまっすぐ走っていた。

誰も声を出さない。唾《つば》を飲むごくりという音や高鳴る心臓の音を、誰もが自分の耳の内側から聞いた。

一人の将校が図上の一点を指示棒で突いた。

「諸君の爆撃目標だ」

九州の北端に、大きな印が打たれている。成都からまっしぐらに九州沖まで引かれた点線は、その後わずかに南下してこの印をかすめ、右旋回してから再び西北西の方向を目指してもと来たルートへと還っていく。

一同を見渡した将校は、指示棒を動かさずに言った。

「ヤワタだ」

一九〇一年に第一溶鉱炉に火が入った官営八幡《やはた》製鉄所。それは日本の重工業をリードしてきた場所であり、極東の帝国のエンジンの一つだ。一九三四年に経営が民間に移譲された後も、それが日本の産業活動ひいては戦争遂行能力を支える最重要施設の一つであることに変わりはなかった。

この製鉄所は日本の粗鋼生産のじつに四分の一か五分の一を占める大工場であると、将校は言った。

「だが、それも終わりが近い。なぜなら諸君が破壊するからだ」

兵士達から歓声が上がった。

長い説明と詳細なデータ、そして飛び交う質問。いつもより綿密なブリーフィングである。

当時、太平洋では制海権制空権を奪ったアメリカ軍が南方の島々を次々に攻略し、じわじわと北上をつづけていた。その当面の大きな目標は、日本の南約二五〇〇キロメートルの洋上に浮かぶマリアナ群島だった。群島に空港を建設できれば、そこにB29を配備し、そこから日本全土を爆撃圏内に収めることが可能となる。ワシントンの陸軍航空軍総司令部司令官アーノルド中将は兵団司令官ウォルフ准将に対し、この太平洋の戦線に呼応して北九州を攻撃するように命じていた。マリアナ群島のサイパン島で米軍が上陸作戦を敢行するのに期日を合わせ、爆撃は六月十五日と決定された。

日本全土の防空兵力には未知数な点が多い。そこで白昼のヤワタ爆撃は避け、各機編隊を組まずに単独で夜間レーダー爆撃を敢行する。中国大陸の日本軍占領地帯である中支漢《ハン》口《コウ》には、日本の一大軍事基地が置かれている。その索敵《さくてき》の目をくぐり抜けるには、上空通過は日没後でなければならない。幸いなことに中国内陸部は雨季に入り、停滞する梅雨前線が一〇〇〇キロメートルを超す長大な雨雲で上空を覆っている。しかも、ヤワタ上空に達する頃月影はなく、月の出は翌十六日の午前〇時五十五分（日本時間）だ。

空対空の無線交信は禁じられ、可能な限り巡航高度を低く維持して燃料の節約に努めることも命じられた。片道二五〇〇キロメートルとみて、往復十三時間半の飛行時間に要する燃料を確保すれば、全機の基地生還は容易だ。万一、海面に不時着水すればアメリカの潜水艦、中国の非占領地に不時着陸すれば中国兵が救出する手配は整えてある。

一年前、南太平洋に浮かぶ日本軍最大の基地ラバウルを夜間爆撃した二機のB17が敵海軍の双発夜間戦闘機・月光《アービング》によって撃墜されたのを参考にして、B29の装甲部分や応射装置は一段と強化された。その防御力は、ビルマ奥地の上空で隼《オスカー》一二機との交戦により集中攻撃を受けたB29一機が、被弾してキャビンに穴をあけられたにもかかわらず無事生還し、逆に隼一機を撃破したことによって証明済みだ。

計画の説明の随所で、作戦の危険性を軽減する対策の充実ぶりが強調された。

「各機長は、部下のクルー達の不安を取り払い、自信をもって任務に当たらせてほしい」

こう語った将校は、タイ・バンコックの鉄道操車場への昼間爆撃についても触れた。高高度精密爆撃の熱心な支持者である兵団参謀長のハンセル准将は、インド・カルカッタのカラグプール基地を発進したB29九八機に高度五二〇〇メートルから八三〇〇メートルでのノルデン照準器による爆撃を行なわせたほか、四八機にレーダー爆撃も敢行させている。その命中率は必ずしも高くないが、このときの経験はヤワタ爆撃に生かせるはずだ。

「キーワードは『精密爆撃』だ。作戦の一つ一つが、その未知の手法を開拓するための挑戦であることを忘れないでくれ」

ブリーフィングが終わった後、室内は興奮した各クルーのざわめきに包まれた。

「ドゥーリトルにつづこう」

誰かがそう言うのが聞こえた。

一九四二年四月、ドゥーリトル陸軍中佐率いるB25一六機が、太平洋上の空母から飛び立った。東京をはじめとする日本本土の数ヵ所を爆撃し、思いも寄らぬ一撃を加えたのだ。爆撃後中国に逃げ込むという捨て身の攻撃は多くの犠牲者を出したし、軍事的な意味での成果はけっして大きなものではなかった。だが、ドゥーリトルの名は航空軍内部のみならず、全米に鳴り響いた。真珠湾《パールハーバー》以来の勝利に酔う日本の本土、それも首都・東京に爆弾を叩き込んだのだ。

それから二年あまりを経た今、こんどは自分達が反対側の中国から敵の産業の中枢を攻撃しようとしている。これは日本に対する初の本格的な戦略爆撃だ。ドゥーリトル隊とは違う意味で、自分達もまた戦史に記録されるかもしれない。兵士達が興奮するのも無理はなかった。

その喧噪の中、パットはふと思い出した。一九四一年十二月七日、世界で最初に編成された日本海軍機動部隊から飛び立った急降下爆撃機や雷撃機による真珠湾の軍港や飛行場の攻撃こそ、正に精密爆撃の模範ではないか。自分たちは、本当の意味での「お返し」をする最初の部隊なのだ。

ひとしきりの興奮の潮が引き、隊員達が椅子をがたがた鳴らしながら立ち上がった。ウォルフ司令官の側近の一人である将校が二つのクルーの居残りを命じたのはこのときだ。

一つはチャーリの率いるクルー。そしてもう一つが、パットのクルー十一人だった。

やれやれ。パットは出鼻をくじかれたような気がした。

出撃までにやらなければならないことは山ほどある。各任務別のブリーフィング、クルー内での打ち合わせ、そして機体の綿密な点検。攻撃までの流れも、もう一度おさらいしなければ覚えきれたものではない。なのに、居残りとは……。

気落ちしたように最前列に着席しなおした二つのクルーに向かって、将校は追い打ちをかけた。

「君達はヤワタの製鉄所を攻撃しない」

おい、俺達はハズされたのか。失望のため息が、二つのクルーの間から洩れた。

「だが」

と、将校はもったいぶった口調でつづけた。

「諸君に休暇を与えるわけじゃない。与えるのは別の爆撃目標だ」

パット達は互いに顔を見合わせた。たった二機で狙うもう一つの目標。

「コクラだ。ヤワタに隣接するコクラには、極めて規模の大きい兵器工場の存在が確認されている。そこを攻撃してほしい」

それを聞いた副操縦士のイーガンが、膝の上でガッツポーズをした。

二機の爆撃目標として示されたのは、日本陸軍の小倉造兵廠《こくらぞうへいしょう》だった。一九二三年、日本の首都圏を襲った関東大震災により、陸軍の東京工廠が壊滅した。それを機に、工廠の施設は順次九州の小倉市に移転された。やがて工廠は小倉造兵廠と改称され、戦車、車輌、小銃や機関銃、弾丸、さらには高射機関砲や航空機搭載用の機関砲の製造も行なわれていた。西日本最大の兵器工場である。

「敵にとって、そこを狙う我々の爆撃がどんな意味をもつか。それは、わかるな？」

クルーはそろって頷《うなず》いた。

敵の兵器工場を叩こうというのだ。相手の戦闘能力そのものを狙うそれは、産業基盤の破壊や敵の戦意喪失を意図したヤワタ爆撃とはおのずから意味が違う。ヤワタ爆撃が敵の基礎体力や気力を削ぐために行なわれるものなら、コクラ爆撃は敵がこれから振り上げようとする拳《こぶし》そのものを叩きつぶすのがねらいだ。戦略的政治的な意味をもつ攻撃であるヤワタ爆撃に対し、これは即効性のある純軍事的な作戦としての意味が大きい。

そうであればこそ、敵は必死に反撃してくるだろう。

「危険な任務だ。危険の度合いは製鉄所の爆撃以上と言っていい」

将校はパットとチャーリ、二人の機長の顔を交互に見ながらつづけた。

「だから、君達を選んだ」

「だから？」

と、二人の機長は同時に訊《き》いた。

「これまでの飛行実績、爆撃演習の結果、どれをとっても君達のクルーは、隊の中でずばぬけている。コクラは君達にしかやれない。それがウォルフ准将以下、我々司令部の判断だ」

一息置いて将校は二組のクルーに尋ねた。

「ここまでで何か質問は？」

信頼された結果、自分達は特別な任務を与えられた。それがわかった今、これ以上尋ねることは何もなかった。使命を全うする。それだけだ、とパットは思った。

チャーリの機が先導機《パスファインダー》として小倉上空に侵入し、照明弾を投下。その灯りを頼りに後続のパット機は小倉造兵廠をすばやく発見し、高性能爆薬を詰め込んだ五〇〇ポンド爆弾を一二〇フィート間隔で計八発投下する。両機は爆撃終了後直ちに右旋回し、帰路につく。限定された目標を、短時間のうちに正確に狙わなければならない。したがって、爆撃は精度に確信がもてないレーダーに頼らず目視で行なう。そのためには爆撃前に八〇〇〇ないし一万フィート（二四〇〇〜三〇〇〇メートル）まで大きく高度を下げることが必要だ……。

作戦の詳細を聞きながら、パットは自分に言い聞かせていた。

〈俺達はやれる〉

敵地でわざわざ高度を下げ、対空砲火に耐えながら機の水平を保ち、瞬時に闇の中から目標を探し出さねばならないとしても、だ。

敵機の攻撃力はさほど心配ないとはいえ、対空砲火やエンジントラブルに見まわれる可能性はゼロではない。その場合、まず海上へと待避する。

どうにか中国大陸まで飛行可能な状態なら、中国領内のどこかに不時着する。それに備え、クルーには中国銀貨が支給されていた。その銀貨で中国人の協力を求め、中国各地に展開する日本軍の目をかいくぐりながら基地を目指すのだ。

中国まで戻れそうもないときには、九州沖の響灘《ひびきなだ》から黄海にかけて展開している海軍の潜水艦が頼りだ。不時着水すれば、救難信号を感知した潜水艦が救助に駆けつけてくれる。不時着の余裕がなければパラシュート降下して、投下した救命筏《いかだ》で助けを待つ。

だが、ブリーフィングの時、あるクルーが「ふと思いついたんですが」と遠慮がちに一つの質問をした。

「仮に日本の領土のどこかに不時着するか、パラシュート降下した場合、我々はどう行動すべきなんでしょう?」

ブリーフィングで説明にあたる将校は、ゆっくり言葉を選びながら答えを口にした。

「軍規と国際条約に従え」

2 いざ出撃

一九四四年六月十五日、ついにその日がやってきた。中国・成都《チョントウ》の周辺に展開された四つの基地から、合計七五機のB29が日本本土を目指して最初の爆撃を敢行すべく、一斉に出発する日であった。

パットのいる彭山《ボンシャン》基地は、朝からいつもより張りつめた空気が漂い、忙しさが増していた。一八機の巨大なB29の機体には多数の整備員がそれぞれの機のクルー(搭乗員)とともに、点検、整備、ガソリン、弾倉などの補給に全力をあげていた。

一方、作戦指揮所のある兵舎のブリーフィング室では、出撃に参加するパイロット達が召集され、基地司令官を中心に最終的な打ち合わせが午前中ずっと念入りに行なわれていた。暗夜の中で目標に第一撃を加えるためには、月の出となる日本時間翌十六日の午前零時五十五分までに敵地上空に到達しなければならない。そのため成都基地群の離陸時間は、グリニッジ標準時〇九三〇（日本時間十八時三十分）に決められた。この時刻は、二時間三十分の時差のある成都では、午後四時の日差《ひざし》に当る。

また、攻撃機の主力は八幡製鉄所への高高度レーダー爆撃を目指すが、パット機が先導機《パスファインダー》（チャーリ機）とともに東洋一を誇る兵器生産工場がある小倉陸軍造兵廠に低空飛行による目視爆撃を加えることも確認された。

四川盆地の西に位置する成都地域の背後には、峨々《がが》たる山々が連なっている。午後遅く発進時間は刻々と迫っている。一八機のB29は、一斉にエンジン始動が行なわれ、基地はその轟音に包まれた。太陽は大きく西に傾きつつあったが、基地の上空にはまだ晴れ間があった。

二機の先導機が離陸して数分後、その後を追うようにパット機は彭山基地を発進した。

その時刻は予定通りグリニッジ標準時〇九三〇（日本時間十八時三十分）であった。他の僚機も二分間隔で次々と離陸した。

愛機の四発のエンジンは快調だ。基地発進後一時間ほど経った頃、四川盆地の東端に達した機は海抜三〇〇〇メートル級の高地帯を通り抜けた。眼下には中国の広大な平野部が広がっているはずだ。だが、毎年この季節に発達する大陸性梅雨前線の停滞が一〇〇〇キロメートルを超える長大な雲海を生みだし、大地を見渡すことはできない。前方にはその雲海よりもさらに高く、むくむくと盛り上がった積乱雲があちこちに見える。乱気流にあおられて愛機が揺れだした。燃料節約のため巡航高度を一万四〇〇〇フィート（四二〇〇メートル）で維持してきたが、やむを得ず一万七〇〇〇フィート（五一〇〇メートル）まで機首を上げることにした。

まもなく日本軍の占領地帯の最前線、漢口《ハンコウ》の軍事基地付近の上空だ。ここには日本陸軍の中国派遣軍の司令部が置かれ、中国奥地のB29の動向に目を光らせているはず。気を抜けない地帯に入ったと、パットがクルーに告げようとしたときだった。

パットは眼下に、赤みを帯びた光が明滅するのを見た。一度、二度、三度……。雲海のあちらこちらで、オレンジ色の閃光が円弧状に輝いては消える。クルーの間に緊張が走るのをパットは感じた。

「雷ですね？」

尾部銃手のジョニーがインターホンで尋ねてきた。

「ああ、下は豪雨かもしれない。漢口の日本機は上がって来れないだろう。ついてるぞ」

パットは励ますように答えた。

パットの右隣でやりとりを聞いていた副操縦士のイーガンは、いつものおどけた調子で言った。

「ジョニーの奴、日本軍の高射砲が火を噴いたと思ったんだな。だが、まだましな勘違いさ。俺はてっきりお祭りの花火かと思ったぜ」

これを聞いたパットは、ニヤリと笑って片目を閉じてみせた。

パットは漢口の上空通過を回避するため進路をやや東北に転じた。機外は夜の帳《とばり》がおりていたが、天空には無数の星が瞬《またた》きもせず冷たく光っていた。キャビン内には自家発電のモーターから発する唸りや小刻みな振動が伝わってきて、決して静寂ではなかったが、乗り慣れたクルー達は少しも苦にしていない。喉《のど》の渇きと空腹を覚えた若いクルー達は、それぞれの携帯口糧《Kレイション》を手にするようになった。

黄海に出るためには、中国大陸の日本軍占領地帯を飛び越えなければならない。パットがそう思ったとき、通信士のグレッグがこう知らせてきた。

「妙な電波をキャッチした」

彼は地上のラジオ局から自分達向けらしい放送を傍受したというのだ。

イーガンは腑《ふ》に落ちないという口調で聞き返した。

「俺達向け？　どういうことだ」

「『成都を発った爆撃機の皆さん、基地の若いクーニャン達のおもてなしはいかがでした？』とかなんとか。流暢な英語で、女のアナウンサーが甘ったるい声で呼びかけているんです。ジャズ音楽の合間に！」

「聞いてみたい。その放送をインターホンに流してくれ」

レシーバーから流れはじめたのは、耳になじみのある音楽だった。魂《ソウル》を揺すりあげる、哀愁のこもったブルース調のジャズ。B29の操縦訓練に明け暮れた日々、ラジオをつけると流れてくるのがこの手のブルースだった。当時のカンザスは、スウィングするブルース調ジャズの本場だ。集まった多くのミュージシャンたちの演奏は電波に乗り、カンザスの夜空にもの悲しい音色を響かせた。訓練に疲れた夜、その演奏をラジオで聞くひとときを心待ちにしたクルーは多い。それを知っての選曲だとすれば、なるほどこれは見事なまでに「俺達向け」の放送に違いない。

横からイーガンがパットに尋ねた。

「謀略放送か？」

「その可能性はある」

日本の謀略放送の話は、南太平洋にいた頃から耳にしていた。流暢な英語で米兵になまめかしく語りかけて、米兵に郷愁をそそらせる日系二世らしい女性アナウンサーの声は、米兵の間では「東京ローズ」の名で秘かな人気を集めていた。戦地での耐乏生活がつづく兵士の心に、しっとりとした女の声と音楽は、砂地にまかれた水のようにしみ通っていく。異性の温もりとくつろぎへの渇望感をかきたて、一人一人の兵士から戦意をじわじわと削いでいく。うかつにこの放送を聞かせれば、クルー達の気持ちも萎《な》えてしまうかもしれない。

だが、通信機の前に座るグレッグのことをパットは思った。この長旅で、僚機や基地との交信は止められている。薄暗い機内ですることもなく、じっと通信機のスイッチやダイヤルを眺めてひたすら座りつづけるのは若いグレッグには酷というものだ。

「おいグレッグ、たしかジャズには詳しかったな」

「出だしの一小節か二小節聞けば、曲名を当てられますよ。ちなみに今流れてたのは……」

「いや、別にいいんだ。この放送、日本軍の謀略放送の可能性が高い。どこかのジャズ好きが下手に聞きつづけると、任務なんてばかばかしく思えてこないとも限らない」

「機長、私はそんな」

「まあ待てよ、グレッグ」

苦笑しながら、パットはつづけた。

「忙しいのに済まないいんだが、綿密な傍受をお前に一任していいか」

「綿密な、傍受、ですか」

「たっぷり聞けってことだ」

「了解！」

士官では最年少のグレッグの威勢のよい返事が、パットのレシーバーにじんじん響いた。

3　スクランブル発進

玄界灘から船で響灘に入り、関門海峡を進む。大きく蛇行した海峡を抜けると、そこは瀬戸内を西の端で絞り込む周防《すおう》灘である。海峡から周防灘に出た船の左手奥に、山口県下関市小月《おづき》の町が遠目に見える。

海峡の出入り口を望むこの町には陸軍航空隊の小月基地が置かれ、陸軍第四戦隊が駐屯していた。基地は八幡市の中心部から直線で約三〇キロメートル。八幡・小倉の重要施設の防空は、基地の最も重要な任務だった。小月基地はまた、八幡の西方一五キロメートルたらずのところにある芦屋基地と、東西から倉幡《そうばん》地区を挟む位置関係にある。要地上空は、東西の航空隊によって守られる形になっていた。

六月十五日午後七時過ぎ。小月基地の隊員達の半ばは一日の激務を終え、短い休息の時間を過ごしていた。夕飯をかきこんだばかり。兵舎の一室に集う若い隊員達の顔には、今日も無事故で地上に帰還した安堵と疲労が浮かんでいた。

殺風景な隊舎につかの間のけだるさが漂うひととき、ある者は家族に手紙をしたため、ある者は干してあった衣類を畳んでいる。その傍らで一人の戦闘機乗りが、二ヵ月前の友軍機の奮戦ぶりを同僚に語っていた。

ビルマのインパール作戦に参加するために、隼《はやぶさ》（陸軍一式戦闘機）一二機が出動していた。その作戦飛行中、敵の新型重爆撃機二機を発見した。急遽《きゅうきょ》、半分の六機がその追尾に移った。見たこともない巨大な爆撃機だった。高度を上げた重爆の機首は、ヒマラヤ山脈を向いている。その先は、中国の奥地だ。友軍機はしばしの追尾の後、攻撃に転じた。八方に機銃を放つ重爆の応戦は凄まじく、かろうじてその弾幕をかわすこと二度三度。果敢に追いすがった一戦「隼《はやぶさ》」が機銃掃射を繰り返し、ついに敵一機を撃破したという。

殊勲の手柄は第64戦隊のだな、と、声色は熱を帯び、見てきたような語りは講談さながらである。いつの間にか室内の隊員達は雑事の手を休め、このにわか講談に聞き入っていた。

ひとくさりが終わった後、若い隊員達の間では残り火のような会話がちらほらと交わされた。

――重爆はどこに向かったのだろう。

――いや、それ以前に「新型」というのが気になる。

――「見たこともない大きさ」とは、いったいどれほどなのか。

別の者は、その重爆撃機の武装を知りたいと言った。やがて自分達もその重爆撃機と戦うかもしれぬ。どう戦えばいいのか、目星をつけておかねばならない。

それまで黙っていた一人の隊員が声を落とし、戦隊の中でも凄腕が集まる「警急中隊」の訓練を知っているかと、皆に問うた。

倉幡地区要地を敵機の空襲からどう守るか。それは防空当局者にとって大きな課題だった。その課題に対して日本陸軍は、重爆撃機の来襲に備えた夜間迎撃専門の航空部隊を創設した。小月基地に配備された西部軍第4戦隊の警急中隊は、その一つである。

重爆による攻撃は高空からのものになると予想された。したがって、その迎撃には高空での飛行に耐え、なおかつ大型機を墜《お》とせるだけの戦闘能力をもつ夜間迎撃戦闘機が必要となる。陸軍は双発複座の二式戦闘機「屠龍《とりゅう》」を選定した。

屠龍は全長一一メートルで、幅は一五メートルあまり。四トンの機体は最高で時速五四五キロメートルを出す。もともと南方戦線などで、味方の爆撃機護衛の任務に就いていた戦闘機である。その頃の屠龍は二〇ミリ機関砲と一二・七ミリ機銃各二門、七・七ミリ機銃一門で武装していた。だが、大型爆撃機の迎撃をにらみ、武装は大幅に変更される。小口径の機銃三門は取り外され、代わりに三七ミリ機関砲一門が装備されたのだ。対戦車砲として小倉陸軍造兵廠で開発製造された機関砲だった。

巨大な敵機を墜とすには、強力な破壊力をもつ武器がいる。そのために大口径の対戦車砲が流用され、後部座席から斜め上向きに突き出すという特殊な形で据えられた。射撃時の反動衝撃は大きく、単発の戦闘機に積んだのでは発砲の反動で自らが墜落してしまう。馬力のある屠龍が選ばれた背景には、このような事情もあった。

敵の重爆撃機に対する戦法の考案や戦闘訓練にあたり、陸軍が参考にしたのは南方で捕獲された「空飛ぶ要塞《フライングフォートレス》」B17である。機体の主要部分は鋼板で厳重に防護されている。普通の機銃を掃射しても確実な撃墜は望めない。爆撃機とはいえ、その重武装は侮るわけにはいかない。B17はさまざまな角度から分析された。

その分析をふまえて屠龍には大口径の機関砲が装備され、それに応じた独特の戦法が考え出された。あらかじめ高空に上昇して待機した屠龍は、自然降下の加速を利用しながら高速で敵機の下側に潜り込む。そこで狙いを定め、敵機の腹部めがけて砲弾を打ち出す。装甲の弱い弾倉部分から砲弾を貫通させれば、機体の機械系統を破壊できる。第4戦隊警急中隊は、この戦法の訓練に力を入れた。

屠龍の操縦に慣れ、充分経験を積んだ者の中から警急中隊の隊員が選ばれた。その彼らが特に苦闘したのは、夜間の迎撃訓練である。当時、日本の飛行機にレーダーは搭載されていない。したがって夜間の迎撃戦では地上から敵機を照らす探照灯と連携し、肉眼で発見した敵機に攻撃を加えねばならない。探照灯で照らすとはいえ、夜間に上空の敵機を肉眼で捉えるのは容易ではない。隊員達は何よりもまず、夜空の「闇」と戦わねばならなかった。

夜間訓練に臨む隊員達は、朝食が正午という一般とは半日ずれた時間で生活し、隊舎では日中暗幕が張られた。日頃から暗さに慣れ、夜間の戦闘での視力を少しでも高めようというのだ。夜目が効くようにとホルモン剤を飲み、暗い場所で短時間のうちに目を慣らす訓練も繰り返した。夜間の上空では僚機に敵の重爆を想定した巨大な吹き流しを曳かせ、それをねらって模擬攻撃を繰り返す。夜間の訓練はそれ自体大きな危険を伴うが、夜空に高く舞い上がっては自然落下の勢いも利用した急降下を繰り返すうちに隊員達は練度を高めた。

その間に、軍上層部の間では大きな気がかりの種が生まれていた。アメリカが新たに開発したという大型爆撃機、B29の情報だ。

すでに早い時期、中立国ポルトガルを拠点にして動く日本の情報機関が、B29の開発を本国に知らせてきた。その情報の中では機体の大きさ、アメリカ本国での製造工場の規模などについても触れられていた。その情報をもとに、軍上層部はこの爆撃機の能力を推定した。一九四四年当初には、B29の抜きんでた航続距離と爆弾搭載能力について、上層部はおおよそのところを察知していたのである。

四二年のミッドウェー海戦大敗以来、日本の制海権は奪われている。水面に投げられた飛び石のように、米軍が南方の島づたいに北上しつつある。マリアナ群島付近に出撃基地が設けられれば、日本本土全体が問題のB29の攻撃範囲の中にすっぽりと収まる。「絶対防空圏」が設定され、サイパンをはじめとする島々の死守が至上課題となった。

一方、中国政府の協力の下《もと》、アメリカが中国各地に大型飛行場を建設していることも伝えられた。中国奥地からであっても、噂の大型爆撃機ならば九州周辺を爆撃射程に収めることができるだろう。漢口などに基地を構える中国派遣軍に対して警戒強化が命じられ、朝鮮半島と九州の間の洋上のレーダー網でも警戒が強められた。

そこに飛び込んできたのが、ビルマ方面でB29と初めて遭遇し交戦した隼の情報だった。「超・空の要塞」が中国に向かった。倉幡地区が狙われるのは時間の問題だ。警急中隊の訓練は激しさを増した。

夜十一時。すでに消灯された隊舎の中で、一般の隊員達は早い朝に備えてとうに眠りに就いている。小月基地で目を開けているのは、夜間迎撃に備えた警急中隊の隊員達が集まる詰め所だけだった。「夕食」ならぬ「夜食」を取り終え、隊員達は翌日の訓練予定を確認した後、ようやく半日遅れの任務から解放されようとしていた。

一人の隊員は警急中隊付きの整備兵に、自機の無線機の調子が戻ったことを告げた。訓練帰投直後に告げておきたかったのだが、着陸が遅れ、隊の全員が顔をそろえる「夕食」後の報告になった。

二日前、無線の不具合に気付いた。指揮所との間を結ぶ回線周波数にあわせたつもりのつまみがいつの間にかズレてしまい、その都度つまみをいじり直さなければならない。エンジン部の不調ならいかれている箇所はたいてい見当はつくが、電気関係はお手上げだ。そう言って、彼は整備兵にゲタを預けたのだった。

夜間戦闘にあたって、無線はとくに重要だった。地上のレーダー網や高射砲陣地などから集められる敵機についての情報は防空指揮所に集中される。警報と同時にいち早く空に上がって待機する迎撃部隊は、その指揮所から伝えられる情報を頼りに自機の向かう先や高度を決めなければならない。刻々と位置を変える敵編隊の位置を逐一知らせてもらい、自機がどのあたりで待ち受けて攻撃するかを割り出す。

迎撃を開始する際、地上の味方にそれを伝えるのも忘れるわけにはいかない。それなしに敵機に向かえば、敵機もろとも地上からの対空砲火にさらされるからだ。味方の高射砲陣地に「撃ち方やめ」を指示してもらわなければ、上空での迎撃戦闘はできない。

それほど重要な機器の不具合が直り、彼の気がかりの種がようやく一つ消えた。

彼はここ一両日のうちにも激戦が開始されるだろうサイパンのことを思った。中隊長は昨夜の訓練前、夜間訓練に励む隊員達を集め、サイパンの攻防について短い話をした。サイパン付近に基地をつくられれば、日本全土が例の新型爆撃機の爆撃圏内に入るのはほぼ確実であると言うのだ。

サイパンが落ちれば、本土に侵入する敵の行く手にふさがるのは、もはや我々しかいない。そこに思い至ったとき、体中の筋肉がぎゅっと引き締まるのを感じた。南方の小さな島を巡る攻防が、本土防空にあたる自分達の任務に直結する。戦局はそこまで追い詰められているのだ。

アメリカが中国奥地に飛行場を建設したという情報も、すでに説明を受けている。サイパンを落とすのを待たずとも、すでに敵はこの空を射程に捉えているのかもしれない。倉幡地区の空に爆撃機がやってくるのは、そう先の話ではあるまい。

だが、これからひと月ほどの間は、倉幡地区要地にとっても警急中隊にとっても試練だった。西側から要地を守る芦屋の第59戦隊は、南方の戦線で戦力を消耗し、かろうじて内地に引き揚げてきたばかりなのだ。

最も早い時期に一戦「隼《はやぶさ》」を配備した第59戦隊だが、南方作戦では次々に兵力を補充してくる敵の攻勢にさらされた。次々と芦屋にたどりついた隼の多くはあちこちに弾傷を抱え、せき込むエンジンを騙《だま》し騙し動かしながらたどりついた機も少なくないという。新たに制式採用された三式戦闘機「飛燕《ひえん》」が芦屋に揃えられ、休息を終えた隊員達はそれに乗り換えて訓練に励んでいる最中だ。そのような状態では、夜間迎撃に出撃する余力も技能も今はないはず。当分のあいだ、倉幡地区要地はこの第4戦隊警急中隊だけで引き受けるほかないのだ。

季節は梅雨。雨が激しければ、大事をとって訓練は見合わせとなる。体は休まるが、それだけ慣熟度を上げる機会は減る。今の自分達は天の気まぐれが与える休息すら、素直には喜べないのだ。

待機詰所に響くスクランブルをかけるブザーが鳴ったのはその時だった。考える前より先に体が動いた。

当直外の隊員達の寝室にもブザーが鳴り、次々と毛布が跳ねあげられ、どっと暗い廊下を駆け出す足音が響いた。

詰め所に駆け込むなり、脱いだばかりの飛行服をもぎとって着込む。声を出す隊員はいない。薄暗がりの中に荒い息の音が聞こえた後、足音だけが次々に詰め所から外の闇に向かってばらばらと飛び出していく。

最初のエンジン音が聞こえた。つづいて二機、三機……。滑走路脇に並ぶ屠龍が次々と始動している。

警報と同時に整備兵達もまた、担当機に向かって飛び出していた。一刻も早く空へ。ほどなく夜間装備した八機の屠龍すべてのプロペラがうなりをあげて回りはじめた。

「準備出来次第、上がれ！」

暗闇の向こうで中隊長の声が響いた。

八機は四機ずつの二隊にわかれた。関門から八幡にかけての上空を旋回し、各隊は徐々に高度を上げた。

敵を上回る高度を確保しなければ、急降下攻撃を加えることはできない。屠龍には一気に高高度に駆け上がるだけのエンジン性能はない。敵機が近づいてから上昇をはじめたのでは、よじ登っている間に敵はさっさと爆撃を済ませて逃げ去るだろう。そこで旋回しながら相手より高い位置まで上っておくのだが、敵と至近で接していない今、相手の正確な高度はわからない。各機は高度を互いにずらし、少しでも隙のない陣容をとりながら待機飛行をつづけるほかなかった。

敵の爆撃目標が、要地のどのあたりなのか、それも不明だ。二隊は空域を分け持ち、一隊は倉幡上空、もう一隊は関門海峡上空を旋回しつづけた。

探照灯はまだ空を照らしていない。灯火管制が敷かれ、下界は上空の闇と混じり合っている。月の出は遅く、まだ空に明かりを投じていない。

指揮所から命令が飛び、敵に関する情報が随時流されはじめた。

「敵機多数、朝鮮方面から要地上空に来襲しつつあり。発見次第攻撃せよ」

「敵は大型爆撃機多数」

「敵編隊、六連《むつれ》諸島の沖」

「敵、高度は四〇〇〇、南下しつつあり」

闇の遙か向こうから迫る敵機を脳裏に描きながら、隊員達はレシーバーに耳を澄まし、探照灯が光の砲列を並べるのを待った。

そのじりじりした時間のことだった。

最も高い位置、四〇〇〇メートルを超えるあたりに高度をとった一方の隊長が、レシーバーから流れてくる不思議な音を聴いた。ノイズが入り混じる無線機から、微妙な強弱を繰り返しながら聞こえてくる音。それは軽快でどこか享楽的な響きをもつ「敵性音楽」だった。

ふしだらで軟弱。国民あげて米英を撃滅せんとする今、彼らの耽溺する音楽は断固排すべし。軽快なリズムを奏でるジャズの類は、当時の日本では「敵性音楽」として聴取が禁じられ、政府によって厳重に統制されているラジオ放送で流されることなど金輪際あり得ないはずだ。

だが、虚空《こくう》の彼方から洩れ聞こえてくるのは、まぎれもなくその「敵性音楽」だった。どこか浮わついた印象を受けるその音楽が、今は敵機来襲の序曲のように聞こえた。

音楽は一時のあいだ聞こえると、やがて上空の薄い空気に吸い出されるように消えた。

4 想定目標を狙え

「変化なし、まだジャズを流してます」

通信士グレッグの報告に、パットは頷いた。

「OK、傍受は打ちきりだ。それよりチャーリの先導機《パスファインダー》の位置は?」

こちらの動きに気付いていたとしても、謀略放送ならわざと気付かぬふりで放送をつづけるだけかもしれない。すでに爆撃開始点が迫っている。

「確認。約一〇キロメートル先、予定通りの進路です」

順調だ。夜間の目視攻撃に照明弾は欠かせない。いまパスファインダーを見失えば、自分達は大切な目を奪われることになる。

「航法士、位置の確認」

東経一二九度〇四分、北緯三二度四五分。航法士は爆撃開始点まであと二十分と割り出した。パットは操縦桿を押し下げ、高度を八〇〇〇フィートまで下げはじめた。

「トム、予定通りのコースで行く。準備は？」

正副二つの操縦席のさらに前、機首の鼻先に爆撃手席がある。トムは両足でノルデン照準機を抱え込むように座り、ファインダーの横にあるいくつものダイヤルをいじくってい る。投下角度、進入経路、自機および気流の速度。正確な軌跡を描いて爆弾が標的に落下するには、綿密な数学的処理を経た投弾が必要だ。

照準機に基本的な数値の入力を終えたトムは、親指を突きだして手を掲げた。

「ばっちりです」

あとはこちらの動きを、敵がどこまでつかんでいるかだ。敵のレーダーはまだまだ貧弱だと聞いているが、対空砲火の準備ぐらいはしているかもしれない。

「爆撃開始点まで、あと五分」

「トム、スタンバイだ。銃手、敵機を警戒」

「了解」

爆撃行動の開始点は、響灘のはるか沖に浮かぶ沖ノ島だ。この上空で最終方位を決めた攻撃機は、一気に南東に下って九州北部上空になだれこむ。その間、目標までの進路を指示するのは爆撃手の任務となる。パットはその指示通りに進路をとり、トムが爆弾を投下し終えるまで機体の高度と水平とをあらかじめ打ち合わせた通りに維持しなければならない。

「始点通過」

「爆撃態勢」

パットは操縦桿を握りなおした。イーガンは計器板をにらみ、進路にブレが出ないように気を配った。

「あと一分でキュウシュウ」

下界の地形をレーダー波でにらんでいたポールが言った。

機首前面のスクリーンは、相変わらず黒インクをまぶしつけたような闇。大工業地帯を抱える眼下の港湾都市も、すっぽりと暗幕を被せたようだった。灯火管制が敷かれているに違いない。

〈僚機の照明弾はまだか〉

一分というのがどれくらいの長さだったか、パットは思い出せなかった。もう陸地の上にさしかかったのだろうか。僚機の位置確認のためにポールをもう一度呼び出そうとした

旧小倉市戦災地図（昭和19年６月16日Ｂ29夜間空襲時）
（チャーリ機、パット機の航跡は筆者の推測コース）

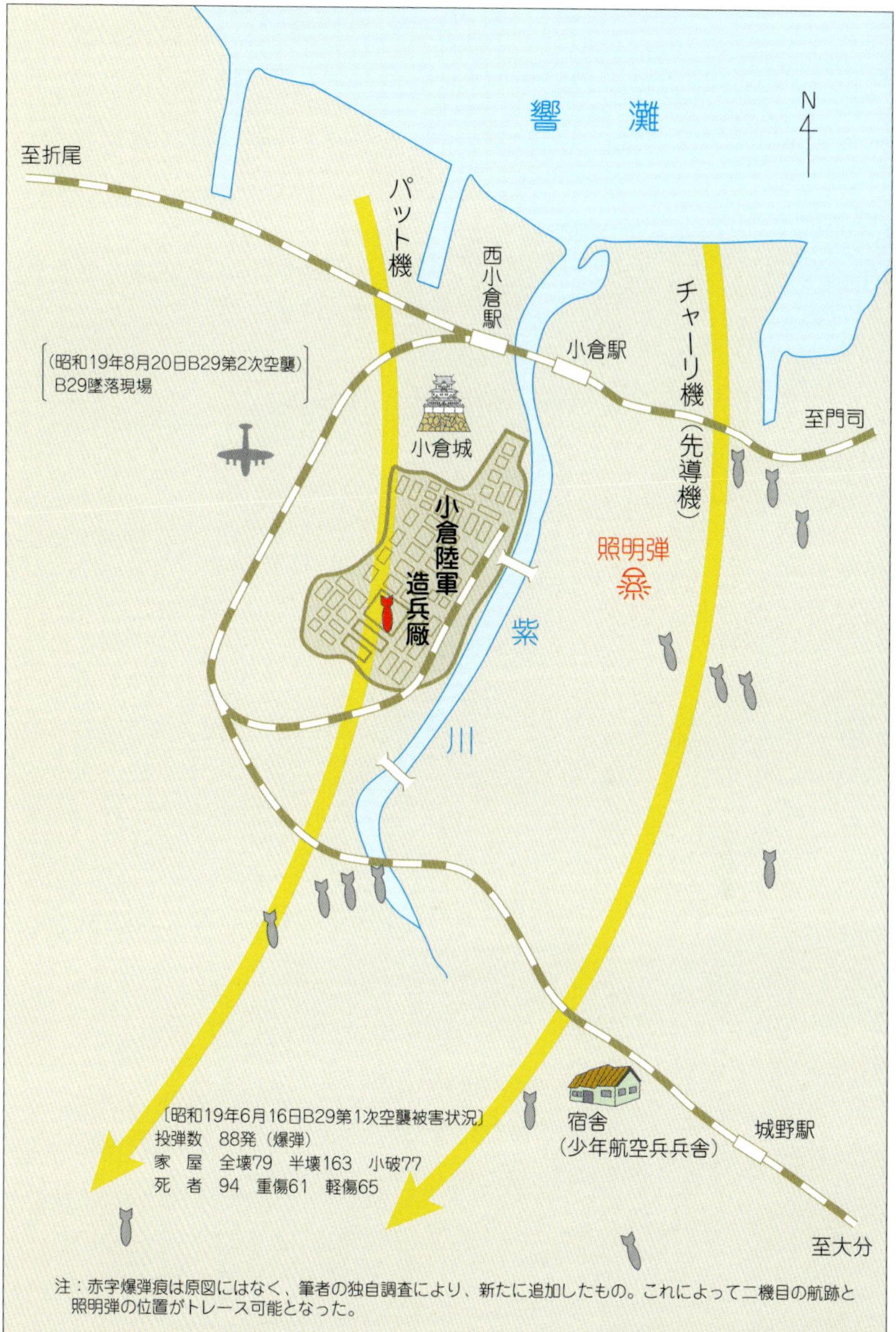

注：赤字爆弾痕は原図にはなく、筆者の独自調査により、新たに追加したもの。これによって二機目の航跡と照明弾の位置がトレース可能となった。

「昭和21年第1復員省（旧陸軍省）編製」（弾痕調査）

そのときだった。

突如、前下方の闇の中で数十の探照灯の瞼がかっと見開かれた。点々と放射された光束は上空をねめ回しはじめた。

イーガンが怒鳴った。

「くそっ、サーチライトだ。やっぱり気付いていやがった！」

「かまわない、このまま突っ込む。トム、いいな！」

「了解」

またトムが親指を突き出して見せるのとほとんど同時に、機体の前下方で赤い炎が炸裂した。機首全面のスクリーンが一瞬明るみを帯び、機体がズンと揺れた。

「はじまったな」

独立記念祭の花火見物席にいるような調子で、パットは言った。機内で騒いでも、下界の対空砲火が静まってくれるわけではない。

機体が再び揺らいだ。四時の方向はるか上で炸裂、こんどは三時上方。視界の効く銃手達が、次々に対空砲火の状況を報告してきた。みんな半ば怒鳴るような声で叫んでいる。本当はこう叫びたいのだ。

〈目標はまだか、早く落としてずらかろう〉

だが、パットは別のことを考えていた。銃手達の報告から、高射砲の炸裂高度が大きくこちらの高度とずれているのに気付いたのだ。

「聞け、みんな！　対空砲火は炸裂高度がちっとも合ってない。敵はうまく照準できてないんだ。優位に立っているのはこっちだ！」

このままいける。

「すぐにトムが仕留める。それまで銃手は敵機に注意！」

また数発の対空砲火が、機体の上方で弾《はじ》けた。

機体の揺れに抗《あらが》うように操縦桿を握るパットは、みじんも進路を揺るがさなかった。

「爆弾倉扉、全開」

パットの指示でトムは爆撃弾倉を開き、再び照準器を手早く操作した。

「前方十一時の方向に照明弾！　よし、見えるぞ」

愛機の最前面に座るトムが叫び、照準器カメラのスイッチを入れた。

照明弾に照らされて、大工場の輪郭がくっきりと浮かび上がっている。同時に左側前方に先導機の機影も確認できた。

「チャーリ、よくやってくれた」

パットは思わずそう叫んだ。

響灘の海面がぎらぎらと白く光っている。黒い海岸線を素早くたどると、ほぼ南北に走る細い川筋。「紫川」だ。光りを照り返すその水路の側に城址……。

照準器の望遠鏡を覗きながらトムは、細かな機体の方向修正を手の動きを交えて操縦席に指示する。やがて手が止まった。

この方向を維持せよ、の見慣れたサイン。いいぞトム、こっちと息が合ってる。

パットは無意識のうちに呼吸を止めた。少しでも息をすると、機体が揺れそうな気がした。

「投弾開始！」

トムは爆弾投下レバーを引いた。電気制御された投弾装置は、指定された間隔で次々と五〇〇ポンド爆弾を投下しはじめた。

「全弾投了」

トムは照準器のファインダーを覗きつづけ、しばらくして叫んだ。

「火柱が上がった！」

それを聞いたパットは爆弾倉閉鎖を命じ、機体を右旋回させた。

機体を傾けてターンする機の右翼下方で、いくつかの火炎が上がっている。そのうちの二本はとくに大きい。右の窓に顔を押しつけたまま、イーガンが大声でそう報告した。

パットは操縦桿を握ったまま、計器板の時計を見ながら言った。

「世界標準時一五五二（日本時間十六日午前零時五十二分）、少なくとも二発が目標に命中爆発したのを確認。諸君、やったぞ！　任務に成功したんだ」

口々に歓声が上がった。

「気を抜くな。まだ敵機の防空圏のど真ん中だ」

進路前方でも対空砲火が上がり始めている。隊の他の機がヤワタを攻撃しているのだろう。上空の火炎に照らされて、広い川筋の水面が微かに見えた。その川はすぐに響灘へと注いでいる。まずはあの海、響灘の洋上に。そう思ったとき、レシーバーから尾部銃手の叫び声が聞こえた。

「五時上方から屠龍《ニック》！」

〈屠龍？　あの双発機が我々を？〉

南方で幾度か所属部隊が戦った、日本軍の複座双発戦闘機。そのコンパクトなフォルムをパットが思い出した次の瞬間だった。

ドーン！

激しい炸裂音と爆風を感じた。

5　巨機への一撃

第4戦隊警急中隊各機の無線に、防空指揮所から声が響いた。

「敵重爆二〇機、要地上空に侵入」

その声を待ち受けていたかのように、光りの筋が地上から何本も立ち上がった。倉幡地区全域に設けられた数十の探照灯が、索敵を開始したのだ。光の先端は薄雲の下面をなで、敵機の姿を探し求めていた。

二つの探照灯が両方向から敵機を照らし、光りの交点に補足しつづける。浮かび上がった機影めがけて高射砲撃が加えられ、あるいは迎撃機が挑むというのが迎撃の手順だ。高空で待機する各機は、探照灯が照らす宙の先に敵の機影を探し求めた。

やがて、眼下前方の空域がぼんやりと明るみを増した。要地上空に照明弾が放たれたらしい。あたかも、暗室で現像液に浸した印画紙の表面に、被写体の輪郭がふわっと浮かび上がってくるように、小倉の街並みが微かに見えてくる。後続の敵機が、その照明弾の明るみを頼りに爆撃を敢行するはずだ。

小倉上空に向かって敵機は来る。要地上空を旋回する隊長機は、四〇〇〇メートルの高度を維持したまま目を凝らした。

「小倉、機影！　高度は二〇〇〇！」

無線機の向こうで指揮所ががなるのと、隊長機が機影を上から認めるのとは同時だった。

「小倉上空、敵機確認」

逆光に浮かぶ黒い機影から目を離さず、隊長は怒鳴った。

〈だが、高度二〇〇〇？〉

上空から見る機影は大きく、二〇〇〇よりずっとこちらに近い高度、高い空を飛んでいるように見える。対空砲火の火球がぱっと花開いては散るが、どれも機影とはずいぶん離れている。

〈どうした、照準が合っていないんじゃないか?〉

機影が進む方向に見当を付け、隊長機は一気に降下を開始した。

「小倉上空の敵機、これより攻撃」

急がねば逃げられる。高射砲陣地に撃ち方やめの指示が出たかどうかも確認せず、隊長は操縦桿を大きく倒した。

降下速度を増しながら前を見据える隊長は戸惑った。速い。敵機はこちらが当たりを付けた位置よりも先へ先へと進んでいく。機体の大きさも、これまで訓練で想定してきたB17とは違う。視界の中で機影は大きさを増しているのに、なぜか距離はそれほど詰まったように思えない。滑るように右旋回して進路を変えていく敵機を見据えながら、見ている物の大きさと距離とが奇妙にズレるのを隊長は感じた。

「ひょっとして、噂の?」

新型重爆B29のことが頭にちらついた。

いずれにしても一撃だ。いったん外してしまえば、再び機首を上げて追いかけても逃げられるだろう。しくじったら僚機がつづいてくれることを祈るしかない。隊長は無線機で各機に向けて怒鳴った。

「二次攻撃に備え！」

眼下で機影が膨れ上がった。空に浮かぶ文字通りの要塞、さもなければ宙を飛ぶ軍艦とも思える大きさに、隊長は目を見張った。この予想を超えた大きさが距離感を狂わせていたのか。

探照灯の光に浮かぶ巨大な機影が視界一杯に広がり、激突と見えた刹那、隊長機は敵機の腹側に回っていた。屠龍の背で頭上の「超・空の要塞」を指さす三七ミリ機関砲が火を噴いた。

6　緊急離脱

星が見えた。激しい風に顔がなぶられている。機体から投げ出され、宙を落下しているのではないか。目の中から赤い炎が失せたとき、パットはそう思った。

頬に滴《しずく》がしたたるのを感じた。目の前には操縦桿と計器パネル。機長席の上だ。だが、頭上の眺めはすっかり変わっていた。操縦席右上の天井が吹き飛び、風がびゅうびゅうと音を立てているのだ。与圧が失われ、耳の奥は詰まったようになっている。

右前の副操縦席の計器板にさっきまでイーガンだったものを見つけても、はじめパットの心は動かなかった。イーガンの背中の一部は何かによって抉《えぐ》り取られ、持ち去られていた。残った体は、座席から飛び出して計器板に抱きついている。パットの頬に滴《したた》るのは、さっきまでイーガンの体を動かしたりジョークを言わせたりしていた赤い液体だった。

見慣れたイーガンの左の横顔がわずかにのぞいている。顎から頬にかけての古い傷跡。訓練でパラシュート降下したとき、天を向いて突っ立つ折れ木の上に着地したんだと彼は言っていた。串刺しにはならなかったが、顎から頬にかけて十針も縫った。口は一つだけで充分だと思ったんだと、この話のときも彼は周りを笑わせた。

〈なくした背中が転がってればそれも縫い付けてやりたいが、無理そうだな、イーガン。……どうだい、このジョークは〉

胸の内でそう問いかけたとき、パットは自分の喉《のど》の奥から頭のてっぺんにかけて、獣じみた絶叫が駆け上がるのを聞いた。

だが、自分の叫び声を聞いた瞬間、パットの心は反転して任務へと引き戻された。悲しみと怒りそれ自体が、俺達にかまっている余裕などあるのか、とパットに問いかけたのだ。いや、問いかけたのはイーガンだったかもしれない。機長の任務を助けるのが副操縦士の最も重要な仕事だ。だとすれば、イーガンは物言わなくなった今も、誰よりも優れた相棒だった。

我に返ったパットは操縦桿を動かした。反応がない。計器のメーターも半分は動くのをやめている。かろうじて働いている高度計の針は、すでに六〇〇〇フィート。なおもそれは、じりじりと下がりつづけている。

パットは操縦席後部の区画に向かって怒鳴った。

「おい、無事か！」

返事はなかった。席を離れて後ろの区画を覗き込み、怒鳴っても無駄なのがすぐにわかった。通信機器に囲まれた区画は手榴弾でも放り込まれたように壊れ、ぎっしりと組み込まれていた高度科学技術の腹わたが飛び散っている。残骸の中に四つの遺体が、奇妙にねじれた恰好で転がっていた。グレッグと航法士、機関士、それに標的に爆弾を当てたばかりのトムだ。

後ろの銃手達は？　パットはレシーバーに向かって呼びかけた。

「右前部キャビンをやられた。俺以外は全滅だ。そっちはどうだ？　おい、返事をしろ、誰か！」

何も聞こえない。耳にびゅうびゅうという風の音がまとわりつく。

緊急事態を告げる非常ベルを小刻みに鳴らしながらもう一度。

「誰でもいい、答えろ！　おい、ジョニーのほうはどうだ！」

インターホン回線がはたしてまだ通じているのかどうか、それさえもわからなかった。だが、イーガン達がいない今、操縦席を離れて与圧トンネルを這い機の後部に出かけていくわけにはいかなかった。

バリッと何かがはぎ取られるような音がした。大きな揺れと同時に、パットは風圧のねじれを感じた。前傾がきつくなり、機体がスピンしかかっている。散乱した機械の破片や日誌の切れ端が、次々にどこかに向かって吸い出される。床にも大きな穴が開いているに違いない。機体は空中分解するかもしれないと、パットは思った。もう一度操縦桿を動かしてみる。だが、すでにそれは体の前に突き出た役立たずのおもちゃにすぎなかった。不時着に挑む可能性はゼロといえた。

あれこれ考えたり、判断したりする余地すら残っていないのをパットは悟った。自分に今できるのは、一つの決断だけだった。

〈選択に迷って苦しむよりはましだ〉

決意したパットは、非常ベルを短く鳴らしつづけながら再びインターホンで怒鳴った。

「聞こえている者がいたら、すぐに落下傘で脱出《ベイルアウト》しろ。操縦系がやられて機体操作はできない。機を捨てるんだ！　繰り返す。今すぐに緊急離脱だ！　幸運を祈る！」

しゃべり終えると、パットは非常ベルスイッチを鳴らしっぱなしの状態にした。

リボルバー拳銃を腰から抜き、操縦席から腰を浮かせた。中腰のままひとまたぎして、機首最前部のノルデン爆撃照準器に近寄る。この照準器は軍の最高機密に属する代物だ。それを敵の手に渡らぬように壊すのは、脱出前の最も重要な任務だ。銃口を突きつけ、引き金を二度。コクラの難しい標的を見事にねらいすました技術とデータの結晶は、あっけなく砕け散った。

操縦席に戻り、車輪降脚スイッチを押した。電気駆動はまだ生きていた。前輪降脚がしまい込まれている格納室のハッチが開いた。格納室に降りると、B29の喉元がぱっくりと口を開けている。傍らには緊急用医薬品一式が入った防水キャンバスキット。それをパットは、パラシュートの装着ベルトのバックルに止めた。

機体の後部に向かってパットはもう一度怒鳴った。

「逃げるんだ！　下で会おう！」

ここからでは聞こえるはずはなかったが、数秒の間パットは返事がありはしないかと耳を澄ませた。轟々というエンジン音と風の音が、頭の中で膨れ上がった。

パットは足下に開くハッチから、北九州の夜空の中に飛び下りた。

第三章　異国の土

1　着地

上と下の感覚が失せた闇、時速二〇〇キロメートル近くに達する自由落下。全身が受ける強い風圧は、まるで体中に放水を浴びているようだ。体の先が空気の渦を作っているのを感じながら、パットはリップコード（開き綱）にかかった右手の指先を意識しつづけた。気を抜くと、すぐにも大地が目の前に迫って叩きつけられそうなおののきが走る。その恐怖が限度に達したとき、パットはリップコードを引いた。

ドンッという音が聞こえ、直後に全身が反り返るような衝撃を受けた。空中で体を振り回されたパットは、対空砲火が近くで炸裂したと思った。まばゆい光りが体を包んだような気がしたのだ。次の瞬間、体は頭を上にしてゆっくり降下していた。頭上ではパラシュートが開いていた。

愛機がチロチロと見え隠れする小さな炎で自らを照らしながら、ゆっくりと右旋回をつづけながら滑り落ちていく。その機体の行く手に、大きな川がかすかに見える。周りは闇。愛機の姿がその闇に吸い込まれて消えた、と見えた直後、大きな火炎が上がった。赤い光が湧《わ》き返った後、黒煙と炎とが幾重にもねじられながら上空に駆け上がる。成都の基地に帰り着いても余るほど、たっぷり燃料を飲んで旅立った機体だ。それが大地に叩きつけられ、激しく燃えさかっている。

祈るような気持ちで首を動かし、パットはあたりの空を目でまさぐった。すぐ横に浮かぶパラシュートがありはしないか。自分より先に降りたクルーの傘が、足下のほうで開いてはいないか。だが、夜空に焦点を合わせるべきものはなかった。代わりに彼の目に入ってきたのは、ヤワタ、コクラの上空で今もしきりに炸裂する対空砲火と、上空をにらみつづける探照灯の光だ。地上でいくつか見える光点の中には、友軍機の攻撃による火災もあるのだろうが、つぶさに見分けるには離れすぎていた。

再びパットは、機体の火災に目を向けた。見下ろす角度が変わり、こちらの高度がだいぶ下がったのがわかる。激しく吹き出すような火勢は弱まりはじめているが、相変わらず赤い炎と煙のシルエットとが身もだえしている。カンザスからカナダ、北アフリカ、インド、中国。長い旅路の果てに使命を帯びて舞い上がった愛機。その最期の光の血しぶきが夜空を焦がしていた。

軽い足首の捻挫と頬の擦り傷、それに初めて口にする日本の草と土の味。着地と引き替えの犠牲がそれだけで済んだのは、夜の着地を思えば奇跡だったかもしれない。

パットはパラシュートを手早くたたんだ。平坦な土地に腰ほどの高さの草が茂っている。立ち上がろうとしてすぐ、パットの靴は露出した土の表面をずるりと滑った。雨が多い季節なのだろう、土はしっとりと湿り気を帯びていた。

誰かが草むらの音を聞きつけてやって来はしないか。パットは身を沈め、草の間からあたりをうかがった。うっすらと小高い雑木林のようなものが見える。ひとまずはあの中に身を隠し、それから先のことを考えよう。腰をかがめたまま、パットは数百メートル先の藪とも森ともつかぬ場所を目指した。

上空から舞い降りると、地表は暖かく感じる。踏みしだく草と湿った土が、甘く苦い香りを漂わせている。今まで歩いてきたどの場所とも違う土や草の匂い。飛行服にうっすらと水滴をうかべそうなほどに感じる湿気は、同じ東洋でも成都にはなかったものだ。パットの鼻孔から肺まで、日本がたっぷりと入り込んできた。

たどり着いた所は灌木が茂り、下草は笹藪だった。その奥まった茂みに抱えてきた荷物をぶちまけ、腰を落とすなりパットは頭を抱えた。

イーガン、グレッグ、ジョニー、アラン、……。クルーははるか上空で、互いの命の鍵を預け合う仲だ。その鍵を、自分は一人黙って持ちだしてしまったのだろうか。そう思うと、パットはじっと座りつづけてはいられなかった。思い立ったようにすぐ藪を出ては、自分が落下した湿った野原のほうをうかがう。ひょっとすると舞い降りたクルーの誰かが、湿った草むらの中からさまよい出てくるかもしれない。落下したものの、怪我で動けない者がいるかもしれない。彼は断続的に響く対空砲火の音のたびにハッとなりながら、夜の野原にパラシュートを探し求めては藪に戻り、戻ってはまた別の方角指して這い出した。

何もなかった。ただ異国の土と草の香り、それに汗ばむような湿り気。それらがパットを幾重にも包み込み、自分一人だけだと思った。

誰一人、自分を見知る者がいない場所だ。ここにパットを指さして「これはパットだ」と証言する者は誰一人いない。自分が自分である根拠は、もはやパットの胸のうちにしかないのだ。どんなに歩き回っても心を許せる者に出くわさないばかりか、人に会えばそれは間違いなく「敵国人」だ。戦争という変わらぬ時間が流れていながら、ここは敵と味方が反転した「鏡の国」。自分はただ一人向こう側の世界に飛び降り、取り残されてしまったのだ。

傍らに荷物。それを一人で背負わねばならない旅路の重さを、パットは思った。航空機から離脱した兵士が担うべきものは、あらかじめ規定されたものからちょっとした私物まで、数多くある。

Kレイションと呼ばれる携行食は、蠟引きされた紙箱に朝昼晩の三食がパッケージされ、それぞれビスケットやハムエッグ、レモンパウダー、コンビーフ、ベーコン入りチーズ、粉コーヒー、粉スープ、煙草などが入っていた。医薬品が収納されたキットには、消毒薬や栄養剤、鎮痛剤のモルヒネなど。それに飛行服のポケットにはコンパスとナイフ、腰にはリボルバー拳銃とその弾丸がしのばせてある。それに、パットのポケットには父親からもらった懐中時計が一つ。内蓋には母親の写真が貼られていた。

こうした大小の携行品に加わるのが、見えない荷物の数々。それは兵士を励ます場合も多いが、個人の性格や状況によっては重荷にもなる。

敵地を一人で歩く孤独と待ち受けている危機への不安、それを乗り越える使命感と祖国への忠誠心、そして故郷や家族への愛と思い出のいちいち。さらに激しい戦闘では、これらに戦友を失った悲しみや、犠牲が自分ではなかったことへの自責や悔恨とが加わる。そしてやがては疲労、傷、飢餓感などの身体の苦痛も。一人の兵士が柔らかな土を踏みしめるとき、その足跡には必ずこれらの重みが加えられている。

耳慣れたエンジンの音を、彼方に聞いた。爆撃を済ませた友軍機、B29のエンジン音だ。徐々に遠ざかるその音にすがるように何発かの対空砲火、そして静寂、長い静けさ。それが最後だった。その後、対空砲火が鳴りはじめることは二度となかった。

どこかを目指し、一人歩きはじめねばならない。待ちつづけても、ここにはもう何もない。立ち止まった時にやって来る者があるとすれば、それは敵だけだった。その旅立ちの前に、パットは自分の荷を軽くしようと決意した。

どの荷物も捨て去るわけにはいかないものばかりだ。だが、どんな形であるにせよ旅が終わるまでの間、いくつかの荷物はどこかに置いておくべきではないか。そのまま置き去りにするわけではない。旅を走り終え、やがて時が来たら取りに来て、故国に大事に抱えて持ち帰るつもりだ。

目立ちやすくてかさばるパラシュート、最低限必要なものを除いた医薬品一式、そして、悲しみや悔恨も。これらは、背負って歩くには重すぎて、自分の足が軟らかな土にめり込んでしまいそうだ。この地に埋め、いつの日か掘り出す時が来るのを待とう。パットは自分にそう言い聞かせた。

太い木の枝で藪の中に穴を掘る。パットの唇が、微かに動いている。耳を傾ける者がいれば、カンザス州サライナ以来のクルー一人ひとりの名が、口の中で微かな吐息のように呼び上げられるのがわかったはずだ。

トム、故郷の親父さんに、息子さんがコクラをやったんです、といつか必ず伝える。グレッグ、ポール、ジョニー、……そしてイーガン。思い出を呼び覚ましては心の奥底にしまい込む頃、穴は畳み込まれたパラシュートを押し込むのにちょうどの大きさになっていた。パットはパラシュートの間に、栄養剤と万一に備えたモルヒネ剤だけを抜き取った医薬品キットを押し込み、穴の上から土を被《かぶ》せはじめた。

まだ新しさの残るパラシュートの布地に湿った土が少しずつ被されていく。その様《さま》を見て、パットはそれが棺の上に土が被されていくのに似ていると思った。あの激しく燃えさかっていた機体の中で煙になったクルー。今、彼らがあそこにいると知るのは、この自分だけだ。ならば彼らを神のもとに送り出すのは、自分の務めかもしれない。

「神よ」

異国の空気を、初めてパットの声が震わせた。つぶやくように発したその声が、パット自身の耳にはあたりの茂みに響くほど大きく聞こえた。つづく言葉は胸の内で、神が聞き届けてくれるのに任せた。

彼ら十人はあらゆる任務を忠実に果たし、祖国と軍、そして上官である自分の期待に立派に応え、最期まで勇敢だった。彼らに祝福を。そして、国に残された彼らの家族にご加護を。

「またどこかで会おう。俺達は家族であり、チームであり、ベスト・クルーだった。なあ、そうだろう、みんな」

そう語りかけると、パットは穴に最後の土を被せ、見つからないようにその上を枯れ草や折れ枝でカモフラージュした。

何かに憑《つ》かれたような西洋人の不思議な儀式を見届けたのは、異国の湿った土と草と木立ばかりだった。

2　技術将校

「リリン、リリン、リリン」

工場建屋《たてや》のスピーカーから、ベルの音が流れた。フライス盤をはじめとする機械のスイッチが、待ちかねたように一斉に切られた。腕時計を見ると正午だ。場内には『海行かば』の荘重なメロディーが流れはじめた。フライス盤で機関砲各部を削り上げていた作業員達が持ち場を離れ、油まみれの手を洗いにぞろぞろと並び出て行く。

これを見ていた香田《こうだ》勝《まさる》中佐も、その建屋の出口に足を向けた。むっとする工場内の熱気で、軍服の中はすっかり汗ばんでいた。

国鉄小倉駅から南西へ一・五キロあまり。小倉陸軍造兵廠を香田中佐が訪ねたのは、六月十五日午前九時過ぎだった。

外周を高い塀で厳重に囲われ、コンクリートの殺風景な大小の建屋がずらりと並ぶ広大な敷地。大きな建屋の敷地面積は、一つひとつが小学校の運動場ほどもあるだろう。それぞれ第一工場、第二工場といった名称があるのだが、中で何を製造中かは来訪したばかりの自分にはうかがい知れない。

「では、まず一通り見て回られますか」

そう尋ねる管理将校に頷いたばかりに、午前中は立ち通しで工場をいくつも見学する羽目になった。視察が任務とはいえ、現場責任者が緊張した面もちで付き添ったままというのは互いに肩が凝る。それは作業にあたる者達も同じだろう。本当に自分が視察しなければならないのは一つの部門だけだ。午後は見学を断り、事務所で問題の兵器の生産計画についで話を聞くことにしよう。

考え事をしながら歩いていると、突然若々しい号令が響いた。

「気を付け！」

前を行く動員学徒だけが後ろの自分に気付き、威儀を正して通路を譲ったのだった。教官に引率され、長期にわたって動員されている高等学校の生徒達だった。学徒達に答礼するとき、香田中佐は自分の挙手がいつもよりぎごちないように感じた。

すでに陸軍に勤めて十年。軍隊内の規則やしきたりに慣れ、今では武張った叩き上げの下士官の中にも友人と呼べる者はいる。それでも「軍人」という衣はどこか自分の体になじみきっていないのを、年に数回は感じる。視察先の工場や大学で、若い学徒達と顔を合わせるときがそれだ。

時代が違えば、自分は彼らを学舎に迎え入れ、彼らに科学を語る立場にあったはずだ。この天体を取り巻く大気は、驚くべき規則性と意表を突く躍動性に満ちている。自分はそれを、いくつもの珍しい話題を通して自在に語って聞かせることだろう。だが、今、自分と彼ら学徒は、仰々しい敬礼を交わしながらすれちがうことしかできずにいる。

学究の成果を買われた自分が技術将校となり、同じく学究の道を希求している学徒を動員して作業にあたらせている。非常時とはいえ、その巡り合わせにいつももどかしさと苦い思いがこみ上げてくるのだ。

陸軍の兵器行政本部（以下、技術本部と仮称する）付きの技術将校である香田中佐は「ふ号兵器」の開発に携わっていた。「ふ号兵器」は高性能無人気球爆弾、後に「風船爆弾」として知られる特殊兵器だ。対ソ戦用兵器として関東軍が研究に着手し、その後陸軍技術研究所等が中心となって開発を進めた。戦局が悪化する中、アメリカ本土を攻撃できる兵器として「ふ号兵器」に注目した陸軍は、この時すでに二万個の生産を下令していた。
直径一〇メートルもの気球に水素ガスを充填し、爆弾を搭載して空に上げる。気球は丈夫な和紙を渋で固め、こんにゃく糊《のり》で張り合わせて作る。純国産製の兵器だ。

中緯度の高度八〇〇〇メートルから一万メートルの上空には、東に向かって高速のジェット気流が流れている。気球はその気流に乗り、太平洋上を北米大陸に向かって東走する。日中、太陽熱によってガスが膨張し、高度が上がる。すると気球は内圧でガスを放出し、高度が上がりすぎるのを防ぐ。逆に夜間気温が下がって高度が落ちると、自動的にバラスト（砂袋）を落として高さを維持する。こうして高度を調節しながら二、三昼夜を飛行し、北米付近に到達したところで自動的に爆弾を投下するのだ。

この精密で巧妙なメカニズムを支えたのが、日本の気象学だ。日本から北米大陸にジェット気流が到達する日数を割り出せば、高度の上下を何度繰り返した時点で爆弾を投下するように仕掛ければよいかも決まる。そのジェット気流の研究において、日本の気象学は秀でていた。大学で気象学を専門に研究していた香田が、技術将校として陸軍に引き抜かれるにはこうした事情があったのだった。

攻撃用高性能無人気球「ふ号兵器」は、各地の工場で大量に生産された。小倉造兵廠も、その生産拠点の一つだ。その生産現場を視察し、完成した各部に技術上の問題がないかどうかを確認せよ。それが造兵廠に逗留する香田中佐の任務だった。

造兵廠の管理将校や「ふ号兵器」関連施設の監督者達と翌日の視察について打ち合わせた後、香田中佐は近くの指定宿に引き揚げることにした。

警備の厳しい通用門からは、敷地内の各工場から吐き出されてきた人々が続々と出ていく。動員された学徒達は、それぞれ隊列を整えての帰寮だ。だが、人の流れは出ていく一方ではなかった。これから夜勤に就く作業員であろう。敷地内に入ろうとする人々の数も多く、通用門にはちょっとした人の渦《うず》ができていた。

激しい消耗戦がつづく中、戦地は一丁でも多くの銃火器、一両でも多くの戦車を求めている。昼夜を問わぬ造兵廠の稼働が、極限に近い状態で戦いつづけている日本のありのままの姿かもしれなかった。だとするならば、各工場建屋近くに掘られた防空壕も、迫り来る危機を暗示しているに違いない。

午前中の視察時、真っ先に案内された組立工場には、組み上げられた高性能高射砲が黒い光を放ち、注連飾《しめかざ》りに囲まれて安置されていた。その設計図は、同盟国ドイツから潜水艦で運ばれてきたという。第一号機が無事完成し、宮城（皇居）防衛のために関東に運ばれるのを待っているのだと、責任者は語っていた。撃ち出された砲弾は、高度一万メートルもの上空にまで達する。この砲が行き渡れば、軍の技術関係者の間で問題になっている敵の新型重爆撃機を下から突くこともできるかもしれない。

だが、その前にこの造兵廠が狙われたら？

迎撃に向かうべき戦闘機に積む機関砲や機銃、爆撃機を狙うべき高射砲、そしてアメリカ本土を脅かすはずの「ふ号兵器」。そのすべてが爆撃を食《く》らえば灰燼《かいじん》に帰す。これから手に携えるべき武器が、まだ武器に満たない状態にあるうちに叩きつぶされ、やがて我々は素手で戦うほかなくなるのではないか。

休む暇のない広大な造兵廠を通用門から振り返りながら、香田中佐は思った。

今日の日程を無事終えてほっと息を抜くと、やや汗ばんだ顔面に湿った大気を感じた。どんよりとかすむ上空からは、西に傾きかけた薄日がもれている。いつもの仕草でひょいと懐中時計を見ると、もう午後六時半を指していたが、夏至《げし》が迫っているせいで周囲はまだ明るい。列島に停滞しはじめた梅雨前線はやや南下しているので、この地方の天候は、あと二、三日は梅雨《つゆ》晴れがつづき、降雨は少ないと香田中佐は予想した。

3　熱血漢教師

日頃から鍛錬を怠らぬつもりでも、しばらく野良仕事から遠ざかると三十半ばを過ぎた足腰からは粘りが失せる。夕暮れ時の泥田に足を踏ん張った権藤良治は、めりめりときしむ腰を伸ばしながらそう思った。

〈ええい、これしきの野良仕事で情けなか！〉

近在の貧しい農家の出だ。農事に心得はある。だが、青年学校の校長として忙しい日々、実家の田畑の仕事は弟に頼り切り。こうして田に足を踏み入れて腰をかがめるのは久しぶりである。

額を拭いながら、権藤は水田を見渡した。若い稲の緑が目にさわやかだ。肌にまとわりつく梅雨どきの湿った風も、びっしょりと汗をかいた体には心地よかった。明日は青年学校の教練指導に加え、有志を集めて銃剣術の稽古をつける約束がある。一日激しく動きまわらねばならぬしんどさが頭をよぎったが、それを振り払って権藤は再び腰をかがめた。

〈おのれが好んで引き受けたからには……〉

日が暮れるまで、あと一働き。川筋者の意地の虫が、腹の中で権藤にそう言わせていた。

夫婦二人で暮らす借家に近い集落で、出征した及川紀代二の母が威勢よく伸びはじめた雑草に難渋していた。夫は病み、二人の息子はそろって戦地。残された女手だけでは、田の管理がままならない。見かねた権藤は、出陣した教え子に代わっての草取りを申し出ていた。

戦闘機や軍艦とは無縁に見える農地、物言わぬ水田も、厳しい戦局の映し鏡だった。若い働き手を戦に取られ、残るのは年寄りと女手ばかり。手入れの行き届かぬ農地は、あちらでもこちらでも荒れが目立ちはじめている。それを少しでも防いで食糧増産に努めるのも、総力戦を戦う国民の義務。そう考える以上に、若い者を戦地に見送らねばならぬ権藤には「せめてその老父母の手助けは」という思いがあった。

福岡県八幡市の西部、P地区。九州北端に位置するこのあたりは、響灘に注ぐ遠賀川《おんががわ》下流に開けた平野だ。なだらかな丘や小山が散在する以外は平坦で、本来はその多くが日当たりに恵まれた良田である。夏の日照りに苦しむこともあったが、それは川から隔たった地域に備えられた貯水池の水でしのぐことができた。

市の東部には八幡製鉄所が炉を構え、さらにその東に隣接する小倉市には陸軍の造兵廠。八幡から小倉にかけての一帯に点在するこれら重要施設群は、軍隊内では一括して倉幡地区要地と呼ばれ、単に要地と略称していた。製鉄所や造兵廠はもとより、周辺部に散在する大小の関連工場も含め、要地全体が一大工業地帯となっていた。陸地に深く切れ込む洞海湾から関門海峡、響灘にかけての海域はまた、日本各地や中国大陸と要地とを結ぶ物資流通の要衝でもある。これら要地には各地から多くの人々が動員され、権藤が勤める青年学校からも生徒達が幾たびか勤労奉仕に出ている。

市の西方を流れる遠賀川もまた、要地の産業とは密接に関わっていた。この川は明治以来《この》、農業用水の源としてばかりでなく水運の動脈としてもその名を知られてきた。田川や直方《かた》を中心に、中流域には筑豊炭田が開ける。そこで掘り出された石炭は川船に載り、下流で貨車に積み替えられて倉幡地区方面に運ばれる。鉄道に押されて往時の勢いは失せたとはいえ、川筋には石炭で結ばれた人々の気風が根強く残っていた。

炭坑夫達は、地の底で命を張る。明日の知れぬ命は、今日限りの意地と情けに華を咲かせる。捨て身の喧嘩は茶飯《さはん》のことで、博打と酒がそれに加わる。日々彼らを運び、物資を送り届けてきたのが川筋の人と言われた船頭達だ。ときには坑夫達の荒い気性と張り合い、ときにはそれに呼応しながらの現金商売は、気っぷの良さが真骨頂。船頭達の飾らぬ武骨な気風は、いつかそのまま川筋に住む人々おおかたの気質ともなった。「喧嘩・博打・酒」は、川筋に咲く三つの花。喧嘩っ早いが人情には厚い「川筋気質」である。

意地になって引っこ抜きつづけた雑草が、手元にたまった。まとめて近くの畦《あぜ》に放ろうと、権藤が再び腰を伸ばした時だ。待ちかまえていたように、後ろの畦から女の声がした。

「校長先生ッ！」

振り返ると、もんぺ姿の女が、大きなお腹を抱えながら礼をしている。出征した紀代二の兄嫁だった。彼女の夫も中国大陸に出て、ここしばらくは便りもないという。

「おう」

手を挙げて応えた権藤は、畦に上がった。

「これ、あがって下さい」

差し出された布袋には、何合かの米が入っていた。

「余計な気遣いだ」

権藤はわざとぶっきらぼうな声をあげ、布袋を突き返した。厳しい供出が義務づけられている今、持ち田がある家にとっても米は貴重品だ。そんなものをもらうわけにはいかなかった。

「野良仕事も自分なりの御奉公。いちいちこんなことされたら困る」

「御奉公って、先生。毎日若い人相手に講話やら教練やら、充分尽くされとるでしょうが。その校長先生に野良仕事まで押しつけて、本当に申し訳なかです。だからせめて」

「よかよか。気持ちだけ腹一杯もろうた。これはお腹の子にやらんね」

照れを隠すように郷の言葉でまくしたてた権藤は、そそくさと話題を変えた。

「それより、紀代二から手紙は」

紀代二は一昨年まで、権藤の青年学校に在籍していた。この二月、満十八歳になると同時に召集され、南方に出撃する陸軍部隊に編入された。

「これから戦地に向かうって、四月に書いてよこしたきり。うちの人も紀代二さんも、戦地じゃ手紙どころじゃなかでしょうかねえ」

兄嫁の声が、翳《かげ》りを帯びた。

「心配ない。紀代二君は教練での動きは抜群やったし、機転も利《き》いた。新兵で手柄たてて、先を越された上官がむかっ腹を立てないか、そっちが心配なぐらいだ」

教練での活躍ぶりなど、戦地では命の保障にはならない。自らも戦地に赴いた経験のある権藤は、それをよく知っていた。部隊の誰よりも機敏で勇敢だった者が、早々に撃たれてあっけなく逝く。戦場とは誰かれの見境なく人が死ぬ場所だった。

激戦になれば、生死を分けるのはほとんど運だ。ならばせめてその運を、「生」の側へと少しでも傾けてやりたい。秘かにそう願って生徒を鍛えつづけてきた権藤だが、すでに何人かの教え子の戦死報に接していた。

兄嫁が一段と声を低くした。

「先生、マリアナ諸島というのはどのあたりです?」

「日本の真南だな。東京から伊豆諸島、小笠原諸島、そのまたずっと南の島々。東京からざっと二五〇〇キロほどだったか」

「今日明日にも激戦がはじまるとか」

権藤は黙って頷いた。

マリアナ諸島に米軍の機動部隊が迫りつつある。新聞はここ数日、その情報をけたたましく、だが、漠然と伝えていた。「その決戦から目を逸らすべく、敵の奇襲攻撃の可能性もあり」朝昼の定時ニュースはこう言って、敵の陽動に対する警戒を呼びかけていた。

決戦迫ると伝えられる南の島に、ひょっとすると出征した身内の者がいるかもしれぬ。そう考えている人々は多いはずだ。紀代二の兄嫁もまた、そう案じている一人に違いなかった。戦争の近さと戦局の厳しさを、誰もが感じはじめていた。

立ち話の後、ようやく米袋を兄嫁に引き取らせた権藤は、手元が暗くなった野良仕事をあきらめて畦に腰を下ろした。足下に放り出した鎌からは、刈り草の青い香りが漂った。子供の頃から親しんだ身近な生業の匂い。それを懐かしく嗅ぎ分けながら、権藤は胸の中でつぶやいた。

〈自分はこれから何人の若者を、戦地へ送らねばならないのだろうか〉

戦争である以上、国のために身を捧げるのは致し方ない。一足先に応召した自分も、中国では死を覚悟して戦った。今また御奉公せよと言われれば、躊躇せず敵陣に切り込む覚悟はある。

半面、若者は、兵士は、使い捨ての銃弾ではないとも権藤は思う。

ひとたび戦場に出れば、死を怖れずに戦うのが兵士の務めだ。一人の散り際の善し悪しは、他の者の士気にも関わる。だがそれは、やみくもに死を求めることを意味しない。己の命を粗末にする上官は部下を守れぬし、むやみに死に急ぐ兵士がよく敵の進撃をくい止め得るとも思えない。死を怖れてはならぬが、好んで死ぬのが兵士の務めではないはず。矛盾して見えるこの道理を若い者達に飲み込ませるのは、この時局の中ではけっしてたやすくない。

顔にまとわりつく蚊を追い払いながら、権藤は数日前の訓話の時間を思い出した。

日本政府は一九三五年の青年学校令により、全国津々浦々に青年学校を設置した。当時、六年制の小学校卒業後に中学校や女学校に進学するのは、成績優秀で経済的に余裕のある家庭の子女に限られていた。それ以外の者はすぐに働くか、高等小学校で勉学を二年つづけた後に働くかのいずれかだ。青年学校はそれら十四歳以上の男女を対象にした学校で、小学校や大規模な職場に併設された。

週何日か通学して主に実学にいそしむ。加えて、ことに男子では軍事教練に重きが置かれた。普通学科もないわけではなかったが、やがて戦争の全面化と共に勤労奉仕などに取って代わられる日が増える。残る授業時間の内容も、戦争に関連した訓話の類に大きく偏っていた。

師範学校を卒業した権藤は、かつて小学校の代用教員を勤めた経験をもつ。復員後はその経歴を買われ、青年学校の校長を任ぜられた。

教育者であり、なおかつ軍隊経験をもつ。その自分が戦時下の今、若い者達に何をしてやれるだろうか。赴任してからというもの、権藤はずいぶんと自問したものだ。

無謀な戦争であることは、かなりの者がとうに気付いているとおりだ。若い世代を相手にする自分は、その無謀の先に来るものを見据えねばならない。この戦争に一つの結果が出た後につながる教育。厳しい戦局は、それを必要とする時期に来ているのではないか。自問の末に出た答えは、戦争の後の日本を担い、荒廃した国土と産業を立て直す力をもった人間の育成だった。

次の時代を担うには、まずこの戦争を生き延びねばならない。戦場でとっさの判断ができなければ、死はあっという間にやってくる。脆弱な身体では、真っ先に落伍して見捨てられる。教練で権藤は大声を張り上げ、生徒達を叱咤した。

そしてまた、憎悪に駆られて健全な人間性を失わぬように促すのも、戦地を知る自分の務めに思えた。合理的な判断ができなければ、生きられる命、生かせる力も無駄に失われる。生きてこそ友を助けることができ、命あればこそ敵の侵攻をくい止められるのだ。そして戦後の未来を見通せば、ここで意味なく若者が死に絶えてしまったのではこの国の復興もあり得ぬ。

だが、そこが血気にはやる若者には理解し難いところだ、と権藤は思った。理解し難くしているのは、合理的な思考を欠いた精神論の流布にも一因がある。

「生きて虜囚の辱《はずかしめ》を受けず、死して罪禍の汚名を残すこと勿《なか》れ」

「戦陣訓」に記されたこの一節を、今では小学生でもそらんじている。兵士として死ぬことが称揚され、生き延びるための努力を顧みぬかけ声ばかりがもてはやされている。

兵士の心得を早いうちから身につけるのは、この時代を生き抜くには必要なことかも知れぬ。だが、果たしてこの一節が、子供達の心に真っ先に焼き付けるべき心得であろうか。

順序が逆だ、と権藤は思った。意を決した彼は、生徒達に「戦陣訓」についての訓話を試みた。

「『戦陣訓』について、いくらかなりとも空《そら》で言える者はどれだけいるか」

ところどころすり切れたカーキー色の国民服姿で教壇に立った権藤は、本科三年生の生徒達十五人に、開口一番こう尋ねた。

「戦陣訓」は日米が開戦した一九四一年、陸軍大臣東条英機の名で布告された将兵のための「道徳書」である。全軍に示されたそれは、明治時代に発布された軍人勅諭とともに日本の軍規を支える基本理念となった。新聞・ラジオや教育を通じて繰り返し喧伝され、幅広く一般の国民にも浸透している。

だが、その長大な文語文は極めて難解だ。兵士はもちろん学校の生徒達も暗唱が義務づけられるのが常だったが、その意味するところをすべて理解していた者はけっして多くはなかった。

権藤に問われた青年学校生はいずれも十六歳前後の若者だ。さすがにこの年にもなると、たちどころに手が挙がった。権藤は何人かを指名し、覚えている節、知っている内容を言わせた。

「夫《そ》れ戦陣は、大命に基き、皇軍の神髄を発揮し、攻むれば必ず取り、戦へば必ず勝ち、遍《あまね》く皇道を宣布し……」

「戦陣訓」出だしの一節は、多くの者が暗唱した。次いで生徒達がよく覚えているのは、案《あん》の定《じょう》「本訓其の二　第八・名を惜しむ」のくだりだ。

「恥を知る者は強し。常に郷党家門の面目を思ひ、愈々《いよいよ》奮励して其の期待に答ふべし。生きて虜囚の辱を受けず、死して罪禍の汚名を残すこと勿《なか》れ」

「その意味するところを、説明できるか」

権藤はこの箇所を暗唱した生徒に尋ねた。

生徒は大きく息を吸い、元気よく答えた。

「捕虜になってまでおめおめ生きているのは恥ずべきことであります。敵は捕虜をさらしものにするかもしれません。その恥は郷里の者達にも及びます。そんなことのないよう、捕虜になる前に討ち死にせよ、自決せよとの訓示と思います」

繰り返しそう教わってきたに違いない。いまさらわかりきったことを、と生徒の顔には書かれていた。

それをはぐらかすように、権藤は反問した。

「だが、お前が自決した後、例えばこの八幡は誰が守る？」

「自分が自決しても、他の者がつづいて戦います。女も子供も、最後まで戦い抜く覚悟です」

「だが、その女や子供に至るまで自決へと進めば、その後、誰がこの町を守る？」

「それは……」

生徒は口ごもった。

ではアメリカが攻めてきたら、先生はおめおめと手を挙げるのか。不満そうにとんがった口元は、今にもそう言いそうだった。

「いや、お前の答えが間違っていると言うのではない」

権藤は微笑した。

「いよいよとなったときには敵陣に切り込み、最前列の敵兵と差し違えて死ぬ。戦場ではいつもその覚悟で戦った。だが、優れた兵士は、最初から死ぬのを目指して走り出したりしないというのも戦場で知った」

戦地で敵の挟撃にあったとき、自分達の隊は絶体絶命だった。生きて虜囚の辱めを受けず。当時「戦陣訓」こそなかったが、そう思い立って突撃玉砕することは、むしろたやすかった。だが、そこで全員が戦死したり自決したりすれば、後続の隊に敵の存在を知らせることもできず、味方の部隊までもが窮地に陥る。そこで我が隊の隊長はわざと派手に発砲して敵を引きつけ、その間に自分達兵士は窮地を脱して味方の陣地に走った。だから、自分はこうして生きて皆の前に立っている。

権藤は中国での経験に半ば創作を織り交ぜ、こうつづけた。

「『恥を知る者は強し』というのは全くその通りだ。戦う前から弱音を吐き、任務を捨てて逃げ出すのは恥だ。だが、今が死すべき時か否か、全員が討ち死にをすべきか否かを考える余裕もないほどうろたえるのも、兵士としては恥にならないか」

他に取るべき方法はないか。己はすべてをやり尽くしたのか。窮地にあってそれを考え抜くには、その場の恐怖に耐えつづける胆力がなければならぬ。ところが、日頃ものを考えたことのない者はいたずらに死に急ぎ、それはけっして味方のためにならない。

「断を下すのは最後の最後。決めるのは自分だ。あらゆる策を試み、考え抜いた末の死。それのみが誉れある死だということを、諸君には忘れずにいてほしい」

4 墜落音

権藤が畦から腰を上げて借家に戻ったのは、午後七時をまわってからだった。

薄曇りの切れ目からは星が見え隠れしているが、月はまだ出ない。町並は暗く、夕餉《ゆうげ》どきの家々から洩れてくる光りはない。

日頃から厳しく灯火管制が敷かれていた。どこの家々でも、電灯には黒い布が被せられている。それで灯りをすっぽりと覆い、光りが散るのを防ぐのだ。各部屋の窓はガラスの飛散を防ぐために紙が貼られ、夜間は黒い幕布で光りが外に洩れぬようにしていた。これから少しでも風を入れたい季節になるが、もう昔のように窓を開けっ広げて寝るわけにはいかない。

権藤は妻が立ててくれた風呂を浴び、遅めの夕食後は読書のために座卓に向かった。だが、一日働いたうえに農作業をこなした体はさすがに重い。じわじわと芯からしみ出すような疲労があった。明日も若い生徒達を率いて駆け、住民達の前で木銃を振るって見せねばならない。権藤は早々に本を閉じ、蒲団に入った。

深夜、日付が代わって間もない午前零時三十分頃。権藤は夢の中で一筋のか細い音を聞いた。頭の奥底でその音の意味を探るうちに目が覚めた。目を開けても音は聞こえつづけている。ハッとなって上体を起こした。

北九州の平野に、咆咆《ほうほう》とサイレンが鳴り響いていた。

「おい、警報、空襲警報だ！」

妻を怒鳴りつけるようにして起こした権藤は、国民服に着替え、間近の校舎に走った。宿直を置かない代わり、校長である自分が学校間近の家を借りている。非常の際には自分が駆けつけ、学校を守らねばならない。

空襲。二年前に東京をはじめとするいくつかの都市が不意打ちを食らって以来の敵機来襲が、この北九州の空になるとは。暗闇の中を駆け出しながら権藤は空を見上げた。漆黒の空が敵になり、我が身にのしかかってくるように思えた。

青年学校の校舎から、権藤は一抱えの重要書類を風呂敷でひっくくって走り出た。校舎前の道ばたで、数人の人影がゆらゆらと蠢《うごめ》いている。学校の近くに住む三人の生徒達だった。

「家は、家族は大丈夫なのか？」

家族の者は早々に防空壕に入った。親父の差配で祖父母も待避している。空襲から学校を守らねば。若者達は口々に言った。

初めての空襲警報にうろたえもせずに出てきたのが頼もしくもある半面、まだ恐いもの知らずの子供達という思いも権藤にはあった。守るも何も、直撃弾が校舎に落ちればひとたまりもない。それを防ぐ手だては、我々にはないのだ。この子達の身の安全こそ、まずは考えねばならなかった。

権藤は生徒達に防空壕近くに待機することを命じた。

半年前、生徒達総出で掘り上げた防空壕は、校舎に隣り合う小さな雑木林の斜面に口を開けていた。壕の前に腰を下ろして座った四人は、当然のように空を見上げた。

敵機が近づくときは轟々と音が聞こえるものだろうか。どのくらいの大きさに見えるものだろう。高射砲が命中すると機体はどんなふうになるのか。三人の生徒にとってそれは、どこか戦争ごっこに近い気分での待避だった。

やがて断続的に鳴り響いていたサイレンが止み、しばしの静寂。座った腰の後ろに突っ張った手のひらが、湿った土で汚れた。それに気付いた生徒の一人が、泥を払い落としながら言った。

「なんか、もう終わったんかの」

口々に何か言いかかる三人を、権藤は手で制した。

ボン、ボンボン、ボン、ボボンッ。高射砲の不規則な音が腹に響きはじめた。

「高射砲だ」

権藤の言葉に、三人の生徒は再び空を眺め回した。音は八幡市の東のほうから聞こえるが、校舎の東方には小山があってここから市街地までは見通せない。

一人が立ち上がり、盛り土されたように一段高くなっている雑木林に分け入った。彼はすばしっこく手近の立木の枝によじ登るなり叫んだ。

「おい！　光っとるぞ！」

惹《ひ》かれたように二人の生徒が駆け出し、権藤もその後につづいた。

小山の頂越しに見える八幡の空が、他の空よりも微かに明るい。そのぼんやりした明るさの中、下から線香花火のような曳光弾が上がっていく。その周囲に、パッと火の玉が現れ、しばらくしてボンと音が聞こえる。地上の対空砲火が市街地を狙う敵機めがけて炸裂しているのだろうか。

「敵機は？」

「見えんなあ」

貧相な花火が次々に上がるほどのものしか見えず、やがて三人の間から、あれは抜き打ちの演習ではあるまいかという憶測まで飛び出した。

無理もなかった。二年前の空襲をこの地方は経験していない。戦地を知る権藤にしたところで、実際の空襲の場に居合わせたことはなかった。遠目に見ているのが実戦ではなく演習なのだと言われれば、権藤にしてもふとそんな気がしてくる。

もしも演習ならば、いくら何でもこの時刻に抜き打ちとはたちが悪い。早々に終えて欲しいものだ、と権藤が思ったときだった。

「あ、あれ」

一人の生徒が指す空に、短く尾を引きながら高度を下げる、茜《あかね》色の光点が出現した。引きずる炎は小さく、それを権藤は狙いを逸れた高射砲弾と勘違いしたほどだ。だが、砲弾にしては光点の落下速度は遅い。ゆらゆらと微かに漂うようなそぶりを見せながら、それはこちらに向かって降下してくるように見えた。

間もなく光点は小山の陰に入り、目で追うことができなくなった。

「今のが敵兵なんかな?」

なんだ、あんなものか。生徒の声は、やっぱり期待はずれの花火を見せられたときのような調子を帯びていた。

その直後、ズーン、と突き上げるような音を四人は聞いた。

5　情報収集活動

前日視察したばかりの工場に足を踏み入れたとたん、香田中佐は物理の法則が狂った空間に放り込まれたように感じ、めまいを起こした。

油の焦げる臭いがする。明かり取りのガラス窓がはめ込まれていた鉄筋が、飴細工のようにに曲がりくねっている。はめ込まれていたガラスはきれいに飛散し、今は跡形もなかった。ところどころで木材が黒く炭化し、まだプスプスと煙を上げているところもある。天井の三分の一ほどは吹き飛び、朝の薄曇った光りが差し込みはじめている。その真下に、擂《す》り鉢のような大きな窪地。巨大な工場の床に開いたそれが、着弾の中心点と思えた。他にも破壊の激しい箇所があるから、命中弾はひょっとすると二発なのかもしれなかった。

何よりも香田中佐が目を奪われたのは、天井の吹き飛ばずに残った部分にぶら下がっている奇妙な物体だった。床に根が生えたように据え付けられていた重い工作機械。それが電球か何かのように天井にぶら下がっている。鋼材を加工する巨大なフライス盤だった。

前日、カーキー色の支給作業服を着た若い学徒達が、盤の前に踏ん張って油染みた鋼材を削り出していた。正午の合図と共に、それまで汗も拭わずに作業していた学徒達がそのスイッチを切り、ぞろぞろと屋外に向かっていたのを思い出す。あれからわずか一晩のうちに工場内の光景は変わりはて、大勢で引きずるのさえ難しそうな鉄塊が宙にぶら下げられている。大きな体育館ほどの高さがある建屋の天井に、爆発の途方もない衝撃が刻印されていた。

見たところ、工場の作業場に遺体はなかった。夜間勤務の工員達は、無事に待避できたのだろうか。

建屋の扉は吹き飛び、ただの四角い穴になっていた。その向こう側から何人もの声がしている。扉の横の壁には、加工途中だった鋼材が内側から突き刺さっている。それを横目に見ながら、香田中佐は外に出た。

建屋のすぐ近くで、何人もの作業員達が人だかりをつくっていた。

「まず大きな瓦礫を片っ端から運ぶしかないだろう」

「手押し車がもっと要る」

「おい、人をもっと集めんか」

「学徒達は出勤停止にしたが、呼ばないとダメだな、こりゃ」

防空壕の入り口だった。壕の上壁はぐしゃりと下に落ち込み、入り口付近は崩れ落ちた建物の瓦礫や土砂に埋もれている。

「中に何人ぐらいが？」

間近で大声を出している年輩の工員に、香田中佐は尋ねた。

「三、四十人はおるだろう。夜勤にまわされたばっかりに」

舌打ちしたその工員は、軍服姿の香田を見てぎくりとなった。

何か言い訳しようとして声を出しかけた工員を、いいんだと手で制した香田はその場を離れた。

――落下傘で脱出した敵兵がいるらしい。

事務所に戻った香田中佐が、技術本部からの電話でそれを聞いたのは午前十時頃のことだった。その情報に中佐は生つばを飲み込んだ。この今も、この九州の地に、敵兵がいる。

その電話で技術本部は、香田中佐に新たな任務を発令した。西部軍司令部と緊密に連絡をとり、今回の爆撃に関する情報を可能な限り集めて報告せよ。「ふ号兵器」関連の視察は順延し、しばらく逗留して爆撃関連の情報収集に専念しろと言うのだった。

爆撃の被害調査なら、西部軍司令部の人員で事足りる。だが、技術本部は今回の爆撃に関わった爆撃機の機体や、あわよくばアメリカ側の作戦に関する情報を欲していた。したがって、調査には科学技術についての見識と、ことによると英語力も要る。西部軍司令部と打ち合わせ、技術本部は小倉に逗留中の香田中佐に白羽の矢を立てたのである。

陸軍上層部は、今回の爆撃が少なくとも数機のＢ29を含む重爆撃機群によるものだと断定しつつあった。迎撃にあたった4戦隊警急中隊からは、上空でＢ24と遭遇したという情報も入った。ところが、早朝、倉幡地区の周辺で二機の残骸が発見された。いずれも警急中隊の迎撃に遭って撃墜されたものと思われた。一機は機体の散乱具合も燃え方もひどいものだったが、もう一機は比較的よく原型をとどめていた。住民の通報で駆けつけた憲兵は、取り急ぎその形状や大きさを電話で知らせた。それがＢ24でないことは、尾翼の形状から明らかだ。Ｂ24が二枚の垂直尾翼をもつのに対し、墜落機のそれは一枚。さらに散乱した機体のおおよその大きさから、西部軍司令部はＢ29である可能性が高いと判断したのだ。

Ｂ29の動静については、これまでも断片的に情報収集がつづけられてきた。だが、その飛行能力や爆撃、戦闘能力の詳細はさまざまに推定されているだけで、実機を調べたわけではない。今度の墜落機を間近に見て調査すれば、いくらか判明することもあるだろう。

一群の重爆撃機がどこから飛来し、倉幡地区の何を狙ったのかというのも大きな問題だった。情報を総合すれば、敵は小倉造兵廠に最大で二発の爆弾を直撃させた他、近隣の一般工場や寄宿舎近くにも点々と投下している。その一方で、八幡製鉄所周辺にも爆弾は投下されており、ごく軽微な被害ではあるものの製鉄所内の被弾もあった。これら一連の爆撃のねらいが明らかになれば、次の襲来を阻止する有効な方策が立てられるし、施設を疎開させる優先順位も決められる。また、中国奥地のどこから出撃してきたのかが特定できれば、こちらからそこを急襲する可能性も開けるだろう。

いずれにせよ、現状では手持ちの材料が少なすぎる。B29の機体、爆撃目標、飛行経路。可能な限り詳細な情報がほしい。そこに、落下傘降下した米兵の話が飛び込んできたのだった。

小倉上空を飛行した敵機に、警急中隊の隊長機が攻撃を加えて「撃破」を告げた。その後、おそらくその敵機と思われる重爆が北西に向かったのを、高射砲陣地の一つの探照灯が追っていた。

さらにその敵機から落下傘が舞い降りるのを、その高射砲陣地の観測手が目撃している。その離脱した敵兵を捕らえて尋問できれば、多くの情報を聞き出せるかもしれない。

技術本部との電話を終えた中佐は、すぐに西部軍司令部に連絡を入れた。

すでに当該地区では住民の山狩りがはじまっているはずだ、と西部軍司令部の将校は言った。

「いつ次の爆撃があってもおかしくはない。一刻も早く敵について知らねば」

電話口から聞こえる軍司令部の将校の声には、焦りと切迫感があった。

香田中佐は電話を切ると、声に出して言った。

「遂に、B29が来たのか」

西部軍の将校は言わなかったが、この新型重爆撃機の動静が南方の戦況と関わっているのは、技術本部でもしきりにささやかれていた。無策のまま放置すれば、日本全土が今見てきたばかりの猛烈な爆撃の威力にさらされる。あんぐり口を開けた高天井の傍らにぶら下がった工作機械や、壁に突き刺さった鉄材を、そして穴蔵ごと押しつぶされた数十人の犠牲者を思い出しながら、香田中佐は身震いした。

〈情報収集の成果が、帝国の運命を左右するかもしれない〉

墜落機体が発見された二機のうちの一機には、すでに九州大学の教授が調査に出向いて

郵便はがき

恐縮ですが
切手を貼っ
てお出しく
ださい

1 6 0 - 0 0 2 2

東京都新宿区
新宿1－10－1

(株) 文芸社

ご愛読者カード係行

書　名			
お買上 書店名	都道府県　市区郡　書店		
ふりがな お名前		大正 昭和 平成　年生　歳	
ふりがな ご住所	□□□-□□□□	性別 男・女	
お電話 番　号	（書籍ご注文の際に必要です）	ご職業	
お買い求めの動機 1. 書店店頭で見て　2. 小社の目録を見て　3. 人にすすめられて 4. 新聞広告、雑誌記事、書評を見て（新聞、雑誌名　）			
上の質問に 1. と答えられた方の直接的な動機 1. タイトル　2. 著者　3. 目次　4. カバーデザイン　5. 帯　6. その他（　）			
ご購読新聞　新聞	ご購読雑誌		

文芸社の本をお買い求めいただき誠にありがとうございます。

この愛読者カードは今後の小社出版の企画およびイベント等の資料として役立たせていただきます。

本書についてのご意見、ご感想をお聞かせください。 ① 内容について
② カバー、タイトルについて
今後、とりあげてほしいテーマを掲げてください。
最近読んでおもしろかった本と、その理由をお聞かせください。
ご自分の研究成果やお考えを出版してみたいというお気持ちはありますか。 ある　　ない　　内容・テーマ（　　　　　　）
「ある」場合、小社から出版のご案内を希望されますか。 する　　しない

ご協力ありがとうございました。


〈ブックサービスのご案内〉

小社書籍の直接販売を料金着払いの宅急便サービスにて承っております。ご購入希望がございましたら下の欄に書名と冊数をお書きの上ご返送ください。（送料１回210円）

ご注文書名	冊数	ご注文書名	冊数
	冊		冊
	冊		冊

いる。香田中佐はもう一機の調査に集中してほしい、と西部軍司令部は言っていた。墜ちたのは、八幡市の西端に位置するP地区付近、遠賀川がほど近い丘陵地帯だという。造兵廠は、軍用車と運転手の手配をしてくれた。中佐はひとまず墜落の現場に向かうことにした。

響灘が関門海峡に入る手前で海は北九州の海岸線をえぐり、東西の深い切れ込みである洞海湾を形作っている。湾の口に近い若松、戸畑の各地区は倉幡の中核的な工業地域であり、八幡製鉄所もまた湾の中奥に位置していた。

この湾に平行して複数の幹線道路や鉄道もまた東西方向に走り、倉幡地区と遠賀川流域とを結んでいる。小倉を発った香田中佐の車は、湾の南岸沿いに西走する古くからの街道を走行した。

右手に湾岸の煙突や高炉が見え、反対の左側にはごくゆるやかに起伏を繰り返す水田地帯と、浮島のように点在する丘が見える。八幡製鉄所付近にも爆撃があり、いくらかの被害が出たと聞いたが、街道を走る車からその様子までは確認できない。

しばらく走ると、このあたりからがP地区です、と軍用車の運転手が言った。小倉からおよそ一五キロのところだ。水田は若々しい緑をたたえ、点在する小山や森の木々の緑と絶妙の濃淡を見せている。こんもりと木が茂る向こうには、いくつかの貯水池があるのだと運転手は言った。このあたりは日本海式の気候と瀬戸内式気候の間《あわい》目だ。降水量はさほど多くない。ところどころに貯水池があるのは、そのせいだろう。ほんのひととき、香田中佐は気象学者の目で周囲の田園を眺めていた。

不意に運転手が減速した。ぼんやり田園地帯を眺めていた香田中佐の体は、ガクンと前のめりになった。オイ、気を付けてくれ、と言いかけた中佐は、運転手が見ている方向に自分の視線を沿わせた。

農民達二十人ほどが、水田を縫う農道を小高い丘のほうに向かって歩いている。その一人ひとりの出で立ちを見て、運転手が急に減速した理由がわかった。彼らが手にしているものに目を留めたのだった。鍬や鎌を持つ者もいるが、一団の中には竹槍を担ぐ者、さらには猟銃とおぼしき銃を背負った者までいる。これから野良仕事に出ようという光景ではなかった。

——山狩りだ。

即座に香田中佐は悟った。

6 残骸

寝不足の権藤と顔を合わせるなり、小学校の校長が「製鉄所がやられたそうです」と言った。この校長の兄は、製鉄所を望む奥洞海のほうに住んでいる。情報は早い。

「製鉄所の被害はたいしたことはなかったらしいですがね、それでも相当死んだらしい」

もしや抜き打ちの演習ではと、ちらと思った自分の甘さに権藤は暗澹《あんたん》たる気分だった。傍らでは別の職員達が、わざとらしく大声でしゃべっている。

「空襲と言ったって、なに、たいしたことはなか」

だが、ことさら平静を強調するその言葉にこそ、至近の空が侵された事実への秘かな衝撃がにじんでいる。権藤にはそう思えた。

製鉄は産業の基幹であり、戦地を支える銃後の大黒柱でもある。それを狙いすまして爆撃する敵の底力に、権藤は言いしれぬ不気味さを感じた。損害の軽さをとらえて敵の腕の悪さを嗤《わら》うのはたやすい。だが、それを言うなら我が皇軍は、敵の本土にいまだかすり傷一つ負わせていない。加えて、損害が軽いならば、再度の攻撃を怖れねばならぬとも言える。

教室に入ると、昨夜行動をともにした生徒の一人が開口一番言った。

「先生、あれは撃ち墜とされた敵機らしかです」

裏の雑木林から見た、漂うような光の点を権藤は思いだした。

「Q池のそばに墜ちたって、小野が」

Q池近くの集落から青年学校に通う小野の叔父は、集落の副区長であり消防班の班長でもある。空襲警報が鳴った後、叔父は家族が止めるのも聞かず、他の消防班の男達数人と一緒に集落の高台に上がり、そこから空襲の様子を眺めていたという。

空襲の様子は、そこでもやはりよくわからなかった。だが、しばらくして東のほうから小さな炎を出しながら飛んでくる飛行機らしいものを見つけた。敵か味方か。指さしてあれこれ言っている間にその飛行機はどんどん高度を下げ、ついには地上に激突した。

それ、とばかりに叔父達は現場に向かった。集落はずれの貯水池が近い小山だった。

最初のうち、あまりの猛火に手が付けられなかった。とにかく周囲の低木や草を刈り、延焼を最小限にくい止めるのが精一杯だった。空が白みはじめても火災はつづき、機体に近づけるようになったのはすっかり夜が明けてからのことだったという。

「そんときに、胴体の後ろのほうの星型に気付いたそうです」

敵機だ！　米兵は？　死体はあったのか？

あからさまな言葉で口々に尋ねる級友達に、小野は残念そうに首を振った。

叔父が興奮気味に未明からの顚末を話すのを、ついさっき小耳に挟んだばかり。自分も詳しいところはわからない。叔父がいったん現場を離れたとき、まだ機体はくすぶっていたというから、おそらく遺体探索は手間取っているだろう。

小野の話を聞いた生徒達は、勇み立って口々に言った。

「俺達も行こう」

権藤は教練の時間を、墜落敵機の視察にあてることにした。

立木が黒こげ、広範な下草が野焼きの後のように燃え尽きていた。作業をしている人の輪の後ろから覗くと、中で何人かの男達が戸板のようなものの上に何かを載せて運び出している。燃え尽きた機体の残骸から発見された、黒こげの遺体だった。いとも軽々と担架を持ち上げる手つきが、その炭化のひどさを物語っていた。

小野が叔父に駆け寄り、こちらを指さした。副区長はこちらに足早にやってきて、ご苦労様ですと深々と一礼した。師範学校出の権藤は、地域社会の中ではきってのエリートであり知識人である。地域の人々に熱心に銃剣術を教える半面、むやみに軍人風を吹かせないおだやかな人柄は、近隣の集落の有力者達に一目も二目も置かれていた。

「いや、皆さんこそご苦労様です」

火もあらかた消えて一段落。我々はお役に立てませんでと、権藤は言った。

「まだ終わりじゃなかですよ、先生。一人逃げとるとです」

「逃げてる？」

生き残った米兵がいたのかと、驚いた権藤は聞き返した。

「落下傘で上から飛び降りた奴がいると、憲兵隊が言っとります。女子供を外に出さんようにして、山狩りせいと。敵は銃か何か持っとる怖れがあるけん。甘くみるなと言いよりました」

だが、今はまだこれの後始末で精一杯、山狩りどころではない。何せ人手が限られていてと、小野の叔父は言った。男手はここでも不足気味だった。

権藤は慄然《りつぜん》となった。この周囲のどこかに、敵兵が潜《ひそ》んでいる。それが拳銃や手榴弾で武装していれば、たとえ一人であっても我々には脅威だ。女子供を人質にでも取られれば、大変なことになるだろう。

ならば、我々もその探索に、そう言いかけて、権藤は言葉を飲み込んだ。元軍人の自分はともかく、若い生徒達をそこまで危険にさらしていいものか。

だが、先回りしてその迷いを払ったのは生徒達だった。

「先生、俺達も山狩りに出ましょう」

「早く捕まえんと、何をしよるかわからん」

「空襲の仇討ちをせにゃあ」

初めて経験する空襲の直後、味方が撃ち墜とした敵機の残骸や敵兵の死体を見て、彼らは興奮していた。何かを叩き伏せずにはいられない、もどかしい闘争心。それが若い心を過剰に勇み立たせている。放っておけば、彼らだけでも野山に散っていきそうな気配だ。ここは自分が統率せねば、かえって危ない。

権藤は生徒達を見回し、厳しい口調で言った。

「いったん学校に戻る。騎兵銃を持ち、隊伍を整えて敵の探索を行なう。指揮の通りに行動すること。これより以後、私語を禁ずる」

校舎の銃器室には騎兵銃が一〇丁並べられている。旧式となったために軍の制式を外され、訓練用に払い下げ渡されたものだから銃弾はない。すでに生徒達には教練を通じ、銃の担ぎ方や基本的な操作は教えてある。銃弾はないが、相手を脅す道具としては使える。そう考えて、権藤は生徒達にこの銃を担がせたのだった。銃の行き渡らない者には竹槍を持たせ、権藤自身は木刀を握った。

ゲートルをしっかり巻き直して整列した生徒達に、権藤は訓示した。

「探索は訓練ではなく実戦である。すでに聞いての通り、敵兵は武装していると思われる。敵を見つけたら遅滞なく本職に報告。前にも教えたが、戦陣での下命なき発砲や突撃は軍規違反である。それと同様、敵兵を発見しても勝手な判断で威嚇したり飛びかかったりするな。発見後どのように措置するかは、追って指示する。隊の前後左右を警戒し、敵兵の発見に努めること」

生徒達を率いて敵兵に飛びかかるような展開は、どうしても避けねばならぬ。襲いかかれば、敵は必死になって発砲してくる。こちらは事実上は丸腰。応射能力がないと気付かれてしまえば、生徒達の間に途方もない犠牲が出る。秘かに敵の居場所を見つけ、山狩りに出ている集落の男衆か巡査の所に伝令を走らせる。まずはこの一手しかあるまい。勇み立つ生徒達をよそに、権藤は緊張していた。それは、彼が実戦を知る兵士であるからこそだった。

青年学校の生徒隊は、機体が墜落炎上した丘の反対側斜面を探索の目標に据えた。伝令として小野を叔父の元に走らせ、その旨を告げた。

ただの教練とは違う。自分達は特殊な任務を帯びているのだ。その思いが初めは生徒達を張り切らせていた。丘に至るまでの農道では威風堂々の行進ぶりである。だが、目的地に着くと、さすがに生徒達の表情にも緊張の色が濃かった。

ごくゆるやかな丘の斜面の外縁には茅が生い茂り、日の陰りがちな箇所にはドクダミなどの雑草が群生している。少し上に行くと笹が生い茂る疎林だ。林を抜けると地面は落ち込んで貯水池となり、その対岸が先ほど機体を見た反対側の斜面へと通じている。

斜面の縁にたどり着くと、権藤は生徒達に騎兵銃を構えさせた。虚仮威《こけおど》しには違いないが、こうすれば仮に敵が先に気付いても、我々を武装集団と思うはず。たった一人の敵兵は、むやみに自分からは発砲するまい。

自分の位置の上の茂みに目を凝らしながら、隊はゆっくり斜めに上り進んだ。あるところまで来ると向きを変え、切り返すようにまたのぼる。普通ならあっという間にまっすぐ駆け上がるゆるやかな傾斜だが、下から草藪を丹念になぞりあげていかなければ探索にはならない。

歩みは遅く、目の前には変化のない草むら。戦闘とはこのように退屈と死とが隣り合わせているものだ。それを生徒達も徐々に感じ取りはじめていた。風のざわめきで草むらが身を揺すればハッと腰をかがめ、仲間の者が蹴躓《けつまず》く音にぎくりと振り向きながら、生徒達は進んだ。途中の小休止を入れ、高低差わずか数十メートルの丘を踏査するのにまる三時間半。斜面を登りきった疎林にたどり着いた頃、生徒達の表情はこわばっていた。

疎林の立木の陰などをしらみつぶしに探索した後、権藤は集合を命じた。

「この斜面での探索は無事終了した。少なくともこちら側に敵兵が潜む形跡はない旨、本職から報告する。これから日が翳《かげ》ってくる。夕闇は潜伏する側に有利、暗くなっての帰路は我がほうにとって危険だ。本日の探索はこれまでとして、急ぎ学校に帰投する」

生徒達の肩から、ほっと力が抜けた。

青年学校の生徒隊をはじめ、山狩りに出た各集落の者達は、この日夕暮れ時に前後して探索をうち切った。どこにも降下米兵の痕跡はなかった。

近隣各集落には区長を通じ、厳重な戸締りと夜間の外出禁止の通達が伝えられた。日中留守でも鍵などかけぬ地方だったが、この日家々は固く門を閉ざし、人々はひっそりと押し殺したような夜を迎えた。各消防班は交代での夜回りを決めた。八幡製鉄所を敵機が空襲せるも損害は軽微、という当局の発表にもかかわらず、Ｐ地区のどんよりした空気は晴れなかった。

7 潜伏

パットが愛機を離脱してから二時間半が過ぎた。

灌木の茂みの隙間から見る空が、微かに白んできたのに気付いた。わずかな明るさを頼りにあたりを見回すと、雑木林があの草地とはちょうど反対側で、より高い丘へとつながっているのに気付いた。

パットは迷った。たった数時間とどまっただけのこの藪の中だが、それでも今ではここが、この国の中で一番よく見知っている場所だ。一歩外に踏み出せば、そこは茫漠とした未知だけが広がる。ここから動きたくない、という気持ちが頭をもたげてくるのは当然だった。

だが、ここはむき出しの草地に近く、背の低い木々しか身を隠すものがない。明るくなれば、ここはこの国の人々がやすやすと足を踏み入れる場所なのではないか。少しでも人目に付きにくい場所を見つけるなら、夜が明けてしまう前だ。

〈俺はアメリカ人じゃないか〉

パットは自分に言い聞かせた。

〈未知の場所に足を踏み入れるのは慣れっこのはずだ〉

アメリカ移民の歴史は、未知の土地に根を下ろし、次々と開拓前線すなわち「フロンティア」を西へ西へと押し広げる歴史でもあった。先住民達にとってそれはとんでもない悲劇だったのだから、いいことづくめだったわけではないだろう。そうして切り開かれた農地には、やがて黒人奴隷をこき使う農園も生まれた。その頃を懐かしむ南部の連中の態度にはげんなりさせられる。だが、祖国アメリカはその失敗も含めて、常に未知の領域に足を踏み入れる態度を何よりも尊び、それが国の力の源になっている。失敗しなければ、それをただすこともできないのだ。

「そうだな、パット」と、父の口調をまねて声に出して言った。フィーニ家もそのアメリカの精神に育まれてきた。貧困と飢えに取りつかれたまま暮らすほかないアイルランドを離れ、新大陸でゼロからはじめることを選んだ一人の青年。移民船から降りて最初に住み着いた港の倉庫の隅っこが、その青年にとって最初の場所だった。アイオワの有能な電気技師も優秀なパイロットであるその息子も、さかのぼれば南京虫がうようよしているその倉庫にたどりつく。そこからアイリッシュの青年が踏み出した一歩がなければ、二歩目も三歩目もなく、今の自分は存在しない。

〈今、この東洋の帝国で戦闘行動のまっただなかにあるアメリカ人は、自分一人に違いない。自分がこの藪から踏み出す一歩がそのままフロンティア、戦線の最先端なのだ〉

パットは移動を決意した。

藪の最も奥にまで分け入ったパットは、体を折って半ばかがんだまま丘の方向に進んだ。窮屈な姿勢ですぐに汗だくになり、体中が灌木にこづきまわされた。枝に顔をはたかれ、くもの巣が頬にまとわりつくたびにパットは苛立った。地べたの上では、愛機を駆って乱雲をかいくぐるときのようにはいかない。藪を出て外からさっさと丘に上るほうが早そうだったが、目に付きやすいところに足跡は残したくなかった。

新兵養成訓練で汗だくの自分達訓練兵が、傍らから鬼軍曹にがなり立てられたのを思い出す。

「どうした坊や、まだあんよができないのか。ママを呼んで抱っこしてもらうか。そしたらおっぱいがもらえるぞ」

頭上を模擬弾が飛び交う下で、張り巡らされた有刺鉄線をかいくぐりながら前に進む訓練だった。鉄線に足を取られ、服をひっかけて、体がなかなか前に進んでいかない。その場で虚《むな》しくのたくっているのを、指導教官である軍曹は言葉でいたぶるのだ。訓練メニューといい、その鬼軍曹といい、なぜああまで訓練兵に意地悪くできているのか自分達には理解できなかったものだ。訓練の目的を尋ねようものなら、鬼軍曹は言下に言い捨てた。

「貴様らに『疑問』は横着だ。当分しまっとくんだな」

過酷な訓練メニューは、あいつが自分の趣味で考え出したに違いない、と愚痴る者もいた。その鬼軍曹も、ウエストポイント出の若い少尉にはへいこらしている。それならいつか航空兵の下士官になってやる、と別のルームメイトは誓った。ヤツを連れ出し、泣きが入るまで錐《きり》もみ飛行してやるというのだ。結局このルームメイトは航空兵不適格になり、どこかの歩兵連隊に配属されたのだが。

だが、今ならわかる、とパットは思った。この瞬間のために、あの訓練があったのだ、と。張り巡らされた有刺鉄線をかいくぐり、がさごそと進んだ日々を思うと、灌木との格闘も少しは楽に思えてくる。少なくとも今はまだ、頭上を弾丸が飛び交っていない。第

一、横から意地悪くがなり立てる鬼軍曹がいないぶんましだ。戦場でそう思えるようにするために、彼は心を「鬼」にしていたに違いなかった。

「疑問は横着だ」というあの軍曹の言葉は、懐かしくさえある。真理だ。くもの巣まみれになってまで、どこだかわからない場所に移ることに意味があるのか。移った先で、次には何をするのか。そう考えて立ち止まっている間にも日は昇り、敵国人達はあたりを嗅ぎ回りはじめるだろう。「疑問」など持つゆとりのない場所をかいくぐらねばならないのが戦場だと、あの男は知っていたのだ。

背の高い木々が灌木にとって代わり、立って前進できるようになった。空には少しずつ朝の粒子が散らばりはじめた。もう二時間もすれば、日が昇るに違いない。

木々の根本には、ペーパーナイフのような葉をつけた草が生い茂っている。中国で見た竹のミニチュアのような草だ。歩くたびにがさがさ音を立てるのは困りものだが、茎は丈夫で弾力に富んでいる。ただの雑草のように踏みしだかれないのは、足取りを隠して身を潜めるには好都合かもしれない。

パットはこの草むらの中に窪地を見つけた。ここに身を伏せれば、窪地は竹のような草に覆われ、外からこちらの姿はなかなか見えないはずだ。この窪地を仮のねぐらにしよう。そう決めたパットは、あたりの地理を調べるために丘の頂近くまで登った。

丘の西側斜面を下りきった先には、ごく小さな土手で仕切られた耕地がつづいている。耕地には水がたたえられ、沼地のようになっている。水田《ライス・フィールド》だ。そのさらに向こうには堤防が築かれている。草の生えた堤防の上にはまばらに木が生え、その向こうは背の高い草に覆われた川岸になっていた。

その川筋をたどりながら、やがてパットの目はある方向で釘付けになった。

〈あれは、飛行場か？〉

やや下流の対岸から北西方向に向かって、木も畑もない茶褐色の平地がぼんやりと見える。その広がりがどこまでつづいているのか、ここからすっかり見渡すことはできない。だが、不自然なほど平坦なその形状や、周囲に四角い箱のような建物が散在している様子から考えて、人工的に整地された場所であるのは間違いない。

方角から考えれば、あの飛行場らしき広大な敷地の向こうが響灘となるはずだ。あの広い敷地を飛び立ち、旋回もせずひたすらまっすぐ海へ。その海を飛びつづければ、機はやがて中国の上空に達する。脱出行を夢想しながらパットは、すぐに激しい落胆を感じた。

あれが飛行場であったとしても、それは敵軍のものなのだ。何機もの軍用機が並び、何百人という兵士達がいる。それはすべて敵。当たり前の話だ。そこから飛び立って逃げるなど、あり得なかった。

中国に帰る微かな道筋が目の前に見えながら、ここは敵の巣だという事実はパットを打ちのめした。そして、すでに何度となく繰り返された問いが、もみ消してももみ消しても消えない火種のように頭をもたげる。

〈これから、どこに向かえばいいのだ〉

周囲をすべて海で囲まれたこの国では、国境を越えて隣国に逃げるという筋書きを思い浮かべにくい。一目見て敵国人である自分が、海岸の港まで無事にたどりつくことなどほとんど考えられない。漁船を乗っ取ったり密航を企てたりする可能性も、極めて少ないと言うほかないだろう。だが、山中に潜みつづけても、やがて食糧が尽き、あるいは山狩りにあぶりだされて万事休すだ。

思考は止まることなく循環しつづけ、やがて元の問いに立ち返る。これからどこへ向かえばいいのだ。

頭の奥にしびれるような疲労を感じた。パットは自分が、すでに二十時間以上も寝ていないのに気付いた。疲労もまた、戦わねばならない敵だ。今は眠ろう、と思った。それからでも考える時間は、まだあるだろう。

窪地に引き返すと、その中に身を横たえた。暖かい飛行服を寝袋代わりにして体を丸める。ポケットでチャリ、チャリと音がした。右手を突っ込むと、出撃時に支給された中国銀貨が、同じポケットに忍ばせてきた懐中時計とぶつかりあっていた。その銀貨をつまみ出し、パットは顔の上にかざした。

中国大陸に逃げ切ったとき、この銀貨が役立つ。機上でクルーにそう言ったのは、この自分だった。その自分がただ一人生き残り、草むらの中で使うあてのない銀貨を手に、つかの間の眠りにつこうとしている。あれからまだ六時間ほどしか経っていないのに——何という状況の変わりようだ。

冬と夏との境界に生まれる東洋上空の梅雨前線は、今日は活動を鈍らせていた。その気まぐれが、しばしの眠りをパットに与えた。

第四章　捕われの身

1　無血の出会い頭《がしら》

教室で生徒達と顔を合わせるなり、権藤はそれを肌で感じた。生徒達の顔には空襲を花火見物よろしく眺めた無邪気さや、いっぱしの斥候《せっこう》兵気取りで山狩りに向かった勇ましさはなかった。そこににじむのは、是が非でも捕まえねば、捕まえてもらわねばという切迫した思いだった。

「本日も探索を続行する。ただし、家に男手がないものは帰宅してよし。家の守りにあたれ」

遠慮するなと述べたが、帰宅する者はいなかった。

この日、探索は各集落の消防班などと打ち合わせのうえ、前日とは大きく場所を変えて行なう予定だった。前日、それぞれの探索隊は爆撃機の墜落現場に近い丘や山、草むらなどを中心に繰り出して成果がなかった。

だが、落下傘で米兵が飛び降りたのは墜落の直前、まだ爆撃機が上空にあった時点でのこと。あのとき倉幡地区方面から飛んできた爆撃機は、遠賀川近くまで達したものの、機体はゆっくり右旋回をつづけながら墜ちていった。その手前で米兵が降下したとするならば、案外と遠賀川のずっと手前あたりに着地したかもしれない。墜落機体の近くを探しても見つからないのは、むしろ道理と言えた。そこで、人々は遠賀川の右岸に連なる林や丘を手分けして探索しようと打ち合わせたのだった。

青年学校の生徒隊が引き受けたのは、遠賀川にほど近いS山という小さな山だ。山というよりは高い丘の森という風情《ふぜい》で、木々の根元には笹が生い茂り、うっそうとした感じがする所だ。少人数で探索するにはちょうどの所に思えた。

午前八時半に学校を発った生徒隊は、同九時頃にはS山に登る小道の端にたどりついた。小休止をとりながら、権藤は生徒達にその日の行動について、昨日同様の指示を与えた。隊列を整え、縫い取りするように笹藪を往復しながら徐々に頂きを目指す。例によって敵発見の報は速やかに行なうものとし、みだりに威嚇に出てはならない。

だが、今日の探索に当たって、権藤はもう一つの指示を生徒達に言い渡した。

「今日は短い刻みで小休止をとり、その間に斥候を出す。見ての通り、ここは昨日の丘に比べて見通しが利かず、こまめに斥候を出さねば危険だ」

それは薄暗いS山の斜面を目の当たりにした権藤の、その場の判断だった。笹はところどころ深く密生し、それが岩や窪地などと重なると身を隠すには恰好の場所となる。木々も幹が太く、それもまた隠れる側に有利な楯だ。うかつに分け入ったのでは、生徒達の身を危険にさらす。

ここは面倒でもいちいち自分が斥候に出て、敵が潜む気配がないかどうかを先に確かめねばなるまい、と権藤は密《ひそ》かに決めた。それでは何のための探索隊かわからないが、一人の教育者としては、いかに敵兵探索のためとはいえ生徒の命を危険にさらす事態は避けたかった。

権藤の命令のもと、隊は小道をわざとはずれて藪に踏み込み探索をはじめた。権藤が木刀で笹を払い、後の者がそれにつづいた。

背丈こそせいぜい腰のあたりまでしかないものの、精一杯手のひらを広げた笹は地面をすっかり覆い隠している。権藤のにらんだとおり、それが地面の起伏と相まって、潜んだ者を見つけるには難しい地形を作っていた。今にも目の前の笹藪の中から、ぬっと背の高い碧眼の兵士が立ち上がるのではないか。先頭を行く権藤は、何度もそのような思いにとらわれた。

探索を初めて一時間半。権藤は三度目の小休止を命じた。十五人の若者は間を詰めて腰を下ろした。互いが死角を作らぬように体の向きを加減し、周囲にくまなく目を配る。肩に下げた騎兵銃は常に抱え持ち、いつでも応射の姿勢のとれる身の構えだ。生徒達は権藤から受けた指示の通り、警戒を解かずに休止に入った。

待機の陣形が整ったのを確認すると、木刀を右手に持った権藤は一人先に進んだ。木立の間から覗く空はどんよりと曇り、昼が近づいても山の中はいっこうに明るくなったようには見えない。権藤は数歩進むごとに笹の高さにまで顔の位置を下げ、薄暗がりに目を凝らした。

その動作を何度も繰り返して進むうちに、権藤は生徒達が小休止する場所から一〇〇メートル近く隔たってしまったことに気付いた。そろそろ引き返す頃合いか。そう思いかけたとき、一〇メートルほど先の笹藪が他より一段盛り上がっているのが目に止まった。反射的に身を低くした権藤は木刀を小脇に抱え込んだ。むやみに周囲の笹をばさつかせたくない。体を丸めたまま、吹き抜ける風が笹群をざわつかせるのに乗じながら、一歩一歩その隆起した場所ににじりよった。

隆起した場所の向こう側は、どうやら小さな崖のように落ち込んでいるようだった。そこに敵兵が潜んではいないか。だが、しゃにむに向こう側に躍り出て、潜む敵と鉢合わせてしまうと発砲を誘って危険だ。ここはいったん引き返し、外から取り巻くようにして向こう側を見通す場所に出よう。権藤は息を押し殺したまま後ずさりをした。

バチッ。

しまった。自分が踏みしだいた小枝が折れる音がすると同時に、権藤は身を伏せた。敵がいるなら、気付かれたに違いない。それならば、機先を制して組み討ちを。とっさにそう思い立った瞬間、一気に隆起の向こう側に体を投じた。

誰もいなかった。土が瘤《こぶ》のように盛り上がった向こう側は、一メートルほどのごく小さな段差になって落ち込み、植物の根が細かく垂れ下がっている。その下の地面に足跡など、人がうろついた形跡はない。どっと体の力が抜け、権藤は全身に汗が噴き出すのを感じた。

ひとまずここまで。生徒達のところへ戻ろう。そう思って立ち上がり、自分が今来たほうに体を向けたときだった。権藤は身がぎゅっと引き締まるような緊張をおぼえた。茫漠と笹藪が広がる視界の隅で、何かがこちらの目の奥をきりきりと刺し込んでくる。顔だ。

草むらにうち捨てられたお面、いや、無造作に置かれた首のようにほんのりと赤みがかった異形の顔が、半ば笹の葉に隠れるようにこちらを向いている。ごくりと唾を呑み込んだ権藤は、彫りの深いその顔を凝視した。いましがた細心の注意を払って通り過ぎてきたはずの笹藪の中に、埋もれるようにしゃがみ込む男。笹の葉の合間からこぼれてのぞく異国の者の目鼻立ちが、慣れ親しんだ日本の風景の調和を破っていた。

飛行服に身を固めた西洋人が、藪に覆われた窪地に腰を落ち着け、笹の葉越しにこちらを向いている。問題の米兵に違いない。笹藪に見つけた異形の顔をそのように理解するまで、何秒かかったのか、あるいは何十秒を費やしたのか、権藤にはわからなかった。葉の陰になったその男の表情は、ここからはうかがうことができない。うつむいて考え事でもしているようにも見えるし、じっとこちらの様子をうかがっているようでもある。仮にまだ気付いていなくとも、こちらが動けば間違いなく気付かれるだろう。どうする。

潜伏中のパットと彼を捜索中の権藤校長（コラージュ）

米兵のほうを見据えながら、権藤は瞬時に判断した。ここでしゃにむに襲いかかれば、敵も銃の引き金に指をかけるに違いない。こちらは悠然と構え、投降を迫ろう。

木刀を右手に提げ、ゆっくりと米兵のほうに歩み寄った。数歩近づいたところで、米兵は笹藪の中からすっくと立ち上がった。右手には拳銃を持っていた。

拳銃など眼中に入らぬというふうを装い、権藤は相手を見つめた。

澄んだ青い目をした米兵だった。ところどころに小さな擦り傷はあるものの、上気した頬は薄紅をさしたように血色がよく、知的で整った顔立ちに見えた。

「ホールド・アップ！（手を挙げろ）」

そう叫んだのは、米兵ではなく権藤のほうだった。

米兵は一瞬戸惑ったような顔をした。やがて得心したかのように、彼は銃を持ったまま、権藤の目の前で両手をゆっくりと挙げた。木刀一本を携えただけの自分に、拳銃で武装した米兵が投降した。

2　護　送

権藤がばらばらと駆け寄ってくる生徒たちの足音を聞いたのは、このときだった。

小休止していた生徒たちは、自分の声を聞いて変事の発生に気付いたに違いない。聞こえたのが英語の「手を挙げろ」を意味する言葉だと理解したとは思えないが、厳しい調子から危険を察知したのは間違いないだろう。権藤は、生徒たちが軽はずみな行動にでぬよう、心の中で念じた。

やがて、駆け上がってきた生徒達は、権藤の視野の片隅で立ちつくした。だが、今生徒たちのほうを向くわけにはいかない。米兵とみじろぎもせずに向き合う権藤は、そう思った。対面する米兵は両手を挙げているものの、その右手の先には拳銃が黒い光を放っている。自分の視線の動き一つで、何かの均衡が崩れてしまいそうな張りつめた空気。権藤は自分の頬を汗が伝うのを感じた。

権藤は米兵に向かって口を開いた。

「拳銃の弾を抜け」

これを聞いた米兵は、短い言葉で何か答えた。だが、権藤には米兵の言葉が聞き取れない。

「何？」

そう反問してから、権藤は気付いた。米兵もこちらが何を言ったのか、問い返したのだ。

「拳銃」は「ピストル」だが、さて「弾」は何だったか。英語からは何年も遠ざかっている。だいいち、弾丸を銃から抜く場面での言い回しなど習った覚えはない。権藤は木刀を脇に抱え、両の手に自分の意思を語らせた。左手の人差し指だけを突き出してピストルの形。そのピストルの付け根のあたりを右手でむしり取るような仕草。

それを見て、米兵は挙げていた両手をゆっくりおろし、右手に握っていた拳銃に左手を添えた。

一番ひやりとしたのはあのときですと、のちに生徒の一人は権藤に打ち明けている。ここで拳銃を撃たれたら、という思いがよぎり、生徒達は一様にびくりとなったというのだ。だが、このとき当の米兵はそんな生徒達の動揺にはおかまいなく、ゆっくりと弾倉から弾を抜きはじめた。

このとき初めて、権藤は生徒達に指示を与えた。

「弾を抜き取ったら、誰かその弾と銃とを受け取れ。他の者は全員、米兵を囲んで気を許すな」

カチッ、カチッと弾倉を回転させる音が聞こえる。一発、二発、三発……、米兵はゆっくり弾丸を抜き終え、弾倉をくるくる回転させて見せてからカシャリと元の位置に戻した。

待ちかねたように、級長を務める生徒が近寄った。

「ええい、のろのろとしくさって」

荒々しく拳銃と銃弾をもぎとった級長は、その重みに驚いたのか、意外そうな顔をしながらそれを権藤に手渡した。

武器を奪ってから、生徒達は急に勢いづいた。彼らは順々に、手に持った騎兵銃の銃身をじりじりと近づけていった。草薮の中をまなじりを決して探索しつづけたあしかけ二日間、あらゆる物陰の向こうに敵兵の影を思い浮かべねばならなかった一晩、そして、郷土の空を蹂躙《じゅうりん》された空襲の夜。若者達は胸の中に鬱積したものを、米兵にぶつけようとしていた。権藤を信じた米兵がそれに何の抵抗も示さないぶん、生徒達はますます調子づき、何人かが銃の先で米兵をこづこうとした。

その振る舞いを見て、権藤は叱責した。

「丸腰になった者をこづくのが、川筋の者の作法か。投降したとはいえ、相手は軍人だ。作法をわきまえんか」

しゅんとなった生徒達の中から二人を指名し、権藤はP地区の駐在所に走らせた。

二十分ほどで巡査が到着した。集落の男数人が付き従っている。巡査は権藤に敬礼しただけでは足りず、深々と頭を下げてその労をねぎらった。

「さすがは校長先生、格別のお手柄です」

この地域で知らぬ者のいない知識人である青年学校校長には、いつも鼻息荒い巡査も腰が低い。

巡査は拝むようにして、権藤から米兵の拳銃と弾丸を受け取った。やがて彼は米兵に腰縄をかけ、引きずるようにして丘の斜面を下りはじめた。その周囲を集落の男達と青年学校の生徒達が取り囲む。

巡査はわけもなく縄を強く引いては、よろけそうになる米兵を振り返って怒鳴った。この振る舞いはその実、巡査の自信のなさの裏返しだと、権藤は思った。

巡査に限らず集落の大多数の者が、本物の米兵を見るのは初めてである。この大男が青い瞳の奥で何を考えているのか、血色の良い顔に浮かんでいるのは怒りなのか悲しみなのか、あるいはまた恥の思いなのか。その表情を読みとるのは難しい。

その異邦人に、とにかく侮られることだけはしたくない。その一念に凝り固まってしまえば、ただ強面《こわもて》でこちらの力を思い知らせようと躍起になる。縛り上げた丸腰の者相手に虚勢を張るその卑小さは、川筋の者の心意気を好む権藤にはあまり見たくない光景だった。

駐在所に着くと、巡査は米兵の持ち物を片っ端から取り上げ、机の上に並べはじめた。携行食品、何かの薬らしきもの、拳銃の弾が入った小ケース。懐中時計、それに、なぜだかわからぬが中国の銀貨。ずらりと並ぶのを前にして、巡査は芦屋飛行場に置かれている憲兵隊に電話を入れた。

権藤と生徒達は、昨日来の山狩りの経緯を巡査にこもごも報告した。墜落機体周辺の山林踏査、各集落の人々と打ち合わせた探索の分担状況、そして笹藪の中での米兵発見から身柄拘束まで。いちいち大げさに頷いて調書をしたためていた巡査は、最後の身柄拘束の段にきて首を傾げた。

この米兵は笹藪の中で拳銃を構え、木刀一本しか持たぬ校長と対峙《たいじ》している。そのとき校長から米兵に向かって手を挙げよと命じた。米兵はその命に応じて手を挙げ、無抵抗の意を示した。

「それに間違いはないのですね」

巡査は権藤に念を押した。

我ながら不思議だが、その通りであると権藤は答えた。あの瞬間、この米兵が拳銃の引き金にかけた指に僅《わず》かな力を入れていれば、今自分はこの世にはいなかったかもしれない。なぜ、米兵はそうしなかったのだろうか。

「所詮《しょせん》、アメリカの兵隊には敢闘精神が欠如しとるんでしょうなあ」

巡査はもっともらしい理屈で、この顚末を理解しようとした。

だが、権藤にはそうは思えなかった。米兵が自分を撃ち殺していれば、その後駆けつけた生徒達、さらには集落の人々やこの巡査も、米兵との間で凄惨な撃ち合いになったかもしれぬ。最後には米兵が殺されるにしても、それまでの間に多くの者達が落命し傷ついたに違いない。少なくとも我々は今、この米兵の決断によって救われてここにいると考えるべきではないか。

そういえば、と権藤は振り返る。あのとき必死の思いで相対する自分を前に、この米兵は柔和な笑みを浮かべていた。本当は「あべこべ」なのだが、まあいい、とでも言いたかったのではないか。ここはお前の顔をたてて、殺し合いはせずにおこう。脳裏に甦る不思議な米兵の笑顔は、権藤に無言のうちにそう語りかけていたようにさえ思われた。

バタバタと古くさいエンジン音を響かせながら、二台の憲兵隊車輌がやってきたのは、権藤達の一隊が駐在所を辞去しようとするときだった。側車《サイドカー》付きの三輪オートバイが二台。降り立った四名の憲兵達は駐在所前で威儀を正す青年学校の生徒隊を一瞥《いちべつ》しただけで、どかどかと中に入っていった。挨拶もそこそこに、彼らは早速米兵の身柄と押収物の引き取りにかかった。

米兵の身柄拘束の経緯について、追って書面で報告せよ。憲兵の一人は巡査に口早に命じると、米兵に向かって語気を荒げて言った。

「おい、さんざん手間をかけやがって。来い！」

このとき米兵は何かを言いかけた。だが、憲兵はそれを一喝し、有無を言わせず外に連れ出すと三輪オートバイの前に引き据えた。

見送るように出てきた巡査は、立ちつくしてこの様子を見る権藤の傍らに寄り、手間をかけたと言うが、働いたのは先生達じゃないですか、と小声で憤慨してみせた。

立ちつくす生徒達に向かって、例の憲兵が言い放った。

「オイッ。流言飛語のもとになる。この間の経緯について、他言は無用！」

その横で、米兵は一方の三輪オートバイの側車に乗せられた。

エンジンがかけられたとき、それまでただうなだれているように見えた米兵が顔を上げた。彼は権藤と目を合わせると、再び柔和な笑顔をたたえて軽く頷《うなず》いた。まるで権藤の労をねぎらうか、感謝の念を示すかのようなその会釈の意味をはかりかねたまま、権藤も目礼した。米兵を乗せた三輪オートバイはすぐに川の土手のほうに走り去り、大きな橋を渡って対岸の彼方へと姿を消した。

3 敵の飛行場

大きな排気音の割にスピードの出ない三輪オートバイに揺られながら、パットは今し方目で挨拶を交わした男のことを思っていた。ほとんど素手に近い恰好で、自分に無抵抗を迫ったあの男はどういう地位、どんな職業の日本人だったのだろう。

　あのとき、付き従っていた者達がすぐにばらばらと駆け寄ってきた。両手を挙げたまま眺めると、周りを取り囲んだのはまだ十代の少年達だった。肩から旧式の銃を提げて勇ましげな恰好はしているが、どの顔もひきつっている。撃ち合いを避けたのは正しかったと、それを見て思った。それは、あの勇敢で俊敏な男のおかげかもしれない。

　少年達はずいぶんいきりたっていたが、あの男の命令一つでそれはぴたりと静まった。捕虜を粗略に扱うのは条約で禁じられている。あの男はそれを少年達に教えたのだろうか。だとすると、若者達は兵士の卵、男はその教官なのかもしれない。俊敏な身のこなし、大胆不敵な振る舞い、そして公正で厳格な態度。あの男はきっと、優れた軍人だったに違いない。

　だが、それに比べてこの兵士達はどうだ、とパットは思った。

　この兵士達は日本の憲兵だろうか。指揮官らしい人間に、自分は姓名と所属、階級を申告しようとしたが、彼は神経質にそれを拒むなり、早々に自分を連れだしてしまった。敵兵を捕虜にしたら、真っ先にそれを聞き出すのが任務ではないのか。気が急《せ》いて仕方がない様子が、指揮官の全身ににじみ出ている。何丁もの小銃で武装しながら落ち着かないこの兵士達は、木の棒一本で悠然と自分に対したあの男とはずいぶん違う。

威張り腐ってはいるが、あの指揮官も周りの兵士達もずいぶん緊張しているのがわかる。ちらちらとこちらを横目で眺めはするが、きちんと顔を向けて目を合わせる者はいない。武器を取り上げて縄で縛り上げた自分を、彼らは小銃を持って囲んでいる。それでも異国の人間であるこの自分が怖いのだろうか。

だが、彼らの仲間は今も太平洋の島々で友軍と戦闘中だ。日本軍の勇敢さを怖れているのは、むしろ我々アメリカ兵の側かもしれない。だいいち、昨日の戦闘でも屠龍《ニック》で襲いかかってきたのは、この兵士達と同じ日本軍の兵士なのだ。

怖いというのとは違うのだろう。

気になって仕方がない。なのに相手をどう扱っていいかわからないまま、つい意地悪してしまう。そんないじめっ子にこの兵士達は似ていると、パットは思った。

二台の三輪オートバイは走り出すとすぐ、川の土手沿いに走りはじめた。これは夜明け前に丘の上から眺めた川だろう、とパットは見当をつけた。この川を左手に見ながら走っているのだから、自分は川下に向かって進んでいるわけだ。下流の対岸には、大きな飛行場らしいものがあったはずだ。

〈とすると、飛行場の近くに運ばれるのか?〉

二台が大きな橋を渡ると視界が開けた。あたりには水田《ライス・フィールド》が広がっていた。今渡ったばかりの川から水を引いているらしい用水路が、その中を何本も縦横に走っている。その水路を何本か渡った後、道は何度か蛇行を繰り返した。

やがて前方に、高さ三〇メートルほどの緩やかな丘が見えてきた。丘は進路に沿って延び、途切れることなくつづいている。この丘の向こう側にあの飛行場が開けているのか。パットがそう思ったとき、丘の斜面に向かって登る道が見えてきた。二台はけたたましい音をたてながらその道を駆け上がった。進入路の丘を上りきった先に、大きな施設が営門を構えていた。

そのときだった。パットはある懐かしさを感じさせる音を頭上に聞いた。顔を上げると地面を蹴り上げて宙に舞った一機の戦闘機が、ゆっくりと旋回しながら大空に駆け上っていく。たぶん、あれは飛燕《トニー》の機影だ。翼に赤い丸のマークがはっきりと見える。日本軍の飛行場にたどり着いたのをパットは知った。

4 制裁を慎め

付近の住民が山狩りに繰り出すのに出くわした香田中佐は、その一隊に労をねぎらう敬礼をしながら、P地区の墜落機体が散らばる現場にたどり着いた。火はすでにあらかた消え、形の残った遺体は少し離れた場所に運び出されていた。だが、あたりには油煙と電子機器の焼ける臭い、そして草木の焦げた臭いが漂い、肺の中までもがどす黒く汚れそうな気がした。臭いの中には、人間の燃える臭いも、おそらくは含まれていただろう。その現場を少し歩き回った中佐は、ここで重要な情報を得るのは難しいと、すぐに悟った。

機体の燃え方があまりに激しく、資料価値のあるものが焼け残っている可能性は低い。機体の骨格や外壁部分の破片などは手にはいるが、肝心のエンジンや搭載された通信機器は破壊がひどい。それらの破片を拾い集めても、元のエンジンや機器の構造を推理するところまでは到底たどり着けないだろう。

落胆して帰り着いたところに、もう一機の墜落機の情報が入っていた。上空で燃料があらかた燃え尽きたせいか、こちらは残骸の焼け方が少なかったという。機体から見つかった通信機器は、予想を超えた高性能のものらしい。ざっとみただけでも、我が軍の通信機器をはるかに超える感度や送信能力を備えているのは明らか。調査に当たった大学教授は、そう言って感嘆したそうだ。写真機の中のフィルムに何が写っているのかは、まだ明らかになっていない。今回の爆撃行の模様を撮影していれば、少なくとも爆撃機のフォルムの全容ぐらいはわかるだろう。

ならば、自分のほうでは何とか降下した搭乗員から多くを聞き出したい。そう考えると、山狩りの成果が気になった。造兵廠の事務所の片隅に陣取った香田中佐は、山狩りの結果が連絡されてくるのをじりじりした気分で待ちつづけたのだった。

やがて翌十七日の昼下り、P地区付近の住民から現地憲兵隊を経て西部軍司令部に寄せられた情報が、造兵廠に帰っていた香田中佐の元にも伝えられた。落下傘降下した米兵一名の身柄を現地憲兵隊が確保したとのこと。

香田中佐は自分の任務と照らし、一抹の不安を覚えた。

〈捕らえた米兵からできるだけ多くのことを聞き出さねばならない。捕まえた後に制裁を加えたりしたのでは困る。万一殺しでもしてしまえば元も子もない。捕らえた米兵の扱いについて、西部軍はきちんと指示を出しているのだろうか。いや、それ以前に軍自身、捕らえた米兵をどのように処遇するつもりなのだろう〉

そこまで考えたとき、夕刻、造兵廠事務所で働く軍属の青年が、中佐に電話が入ったのを告げた。相手は西部軍司令部の連絡将校だった。

その米兵は倉幡地区に護送するのではなく、最寄りの芦屋基地内の憲兵隊詰め所に拘留されている。尋問をどのように行なうかは追って知らせるので、香田中佐にはしばらく待機願いたい。西部軍司令部の連絡将校はそう言った。

香田中佐は、電話を切りそうになる相手に、追いすがるように言った。

「敵兵の処遇、扱いに注意を願いたい」

「それはもう、万一にも逃げられることのないように注意を……」

「いや、手荒に扱っては困ると言っているのだ。相手は貴重な機密情報を握っている重要人物だ。できるだけ丁重に処遇してほしい。少しでも好意的に聴取に応じるよう、友好的な雰囲気、聴取の素地をつくってほしいのだ。怪我をさせるなどもってのほかだと伝えてほしい。それに、英語に堪能な通訳官をぜひ手配願いたい」

「はあ、なるほど。しかし、通訳手配には少し時間がかかりそうだ」と、電話の相手は言った。

「くれぐれも当該の憲兵隊に厳命してほしい」

米兵尋問の重要性がどこまで徹底されているのか不安を覚えた中佐は、もう一度念を押してから電話を切った。

5 取調べ室にて

遠賀郡芦屋町の芦屋基地には、西部軍第19飛行団第59戦隊が駐屯していた。基地の東側は、自然の防壁となっている低い崖丘によって外部と隔てられている。そのゆるやかな坂道を登りきって営門をくぐると、真正面に見えるのが司令部の建物だ。その左右には、戦隊の航空兵や整備兵らが寝起きする居室や医務室が入る兵舎が隣接していた。

米兵は中央の司令部棟に連れ込まれた。引きずられて行った先は、二階建ての建物の一階左奥、憲兵隊に割り当てられた部屋である。

憲兵隊は左奥の二つの部屋を専用に使用していた。最も突きあたりの部屋は、椅子が四脚と粗末なテーブルが中央に置かれ、窓際にもう一組の事務用机椅子が置かれている。殺風景なこの取調べ室は応接室を兼ねており、窓には格子がはめられ、扉の鍵は外からかかる。その隣の部屋は、憲兵隊員達が詰める事務所だ。事務机が六つほど付き合わせて並べられ、壁面には戸棚が二つ。いくらかの銃器も壁に立てかけられている。これらの二部屋は司令部棟の営門側を走る片側廊下からそれぞれ出入りするほか、二部屋をへだてる壁の上下二〇センチ程の隙間のある仕切り扉を通して互いに行き来が可能だ。

取調べ室のドアを開けた憲兵達は、米兵を突き飛ばすようにして中に押し込んだ。その物音を聞きつけて、隣の事務所で留守番をしていた憲兵の一人も仕切り扉を開けて顔を見せた。

一人の憲兵が米兵の縄を解いた。すっかり手がしびれていたのだろう、米兵は両手をもみ合わせ、手のひらを開いたり閉じたりしていた。やがて米兵が口を開いた。縄を解いた憲兵を青い瞳で見据え、何かをしきりにしゃべっている。縄を手にしたまま突っ立っていたその憲兵は、「黙れ」と一声怒鳴り、米兵が立つ傍らの机の上を縄でバシッと叩いた。ぎくりとなった米兵はしゃべるのをやめ、不満とも不思議ともつかぬ顔をして憲兵達を見回した。

ふん、ともう一人の憲兵が鼻で笑った。米兵の胸ぐらを、どう、と押す。米兵は後ろによろめき、どさりと木椅子に腰を落とした。

基地までの連行の指揮を執っていた憲兵が、隣の部屋から竹刀《しない》を持ってきた。黙らなければこうだと言わんばかりに、彼は米兵が座る椅子の脚を竹刀で打った。米兵は慌てて自分の足を浮かせた。

無力に見える米兵の姿が、部屋の憲兵達を満足させていた。

やがて彼らは米兵を残して廊下側のドアから出て、外から鍵をかけた。

仕切り扉の向こう側にある憲兵詰め所では、一人の憲兵が米兵から押収したものを箱に入れ、それを戸棚の一番上の引き出しにしまうところだった。その憲兵は、一つ一つの押収物をよく覚えていた。引き出しを閉じる前、箱の中から懐中時計をつまみ上げた。彼は振り子のように、それを顔の前でぶらぶらさせてもてあそんだ。

その仕草が気になったのか、それまで机に向かって事務仕事をしていたもう一人の憲兵が顔をあげた。何の気なしに後ろを向いた彼は、ハッと席を立ち上がった。

「開いとるじゃないか！」

米兵が押し込められた部屋との間の仕切り扉が、さっきから開きっぱなしだった。先にこの扉を通って隣室に入った同僚は、他の者と一緒に廊下に出たところだ。

「不用心な。それでも憲兵か！」

怒鳴った憲兵は慌てて仕切り扉を閉めるついでに、部屋の米兵のほうを覗き込んだ。米兵は部屋の窓際に寄り、こちらには興味がないという体《てい》で一心に外を見ている。窓の向こうには59戦隊の戦闘機が翼を休める駐機場が見える。

「こいつ、やっぱり航空兵だな。敵機でも飛行機が面白いか」

せせら笑うように言うと、憲兵は仕切り扉をばたんと閉め、詰め所の側から鍵をかけた。

憲兵達の目の前に、「生きて虜囚」の身となった敵兵が一人。それを相手にする彼らに、格別の悪意があるわけではなかった。

「戦陣訓」は捕虜とは恥ずべき身の上であり、あらゆる屈辱が待ち受けていると彼らに教えた。その上でそれは死を選べと暗示しているのだが、自分達の手に落ちた敵方の捕虜をどう遇するべきかは何も語っていない。憲兵達は、捕虜をいかに処遇すべきかという指針を、何一つ持ち合わせてはいなかったのである。

捕虜とは恥ずべき存在であるという思いに取りつかれた彼らにしてみれば、目の前の捕虜も恥ずべき存在として扱うより他、思いつかなかったであろう。頭上の空を侵犯し、要地に爆撃を試みた敵兵。それを遇するのには、侮蔑と敵意をもってするのがふさわしい。そう考えた彼らは、当時の日本人のごく常識的な感情と作法に則《のっと》って振る舞ったに過ぎなかった。

欧米各国は互いに繰り返してきた長い戦争の歴史を通じ、殺し合いである戦争にも一定のルールを設けようと腐心してきた。その典型が一八九九年に各国間で結ばれたいわゆる「ハーグ条約」(「陸戦の法規に関する条約とその付属文書」)だ。それは一九〇七年の改定を経て、一九二九年には「ジュネーブ条約」として整えられる。これらの条約の条文や付属する規則の中に、捕虜に対する取り扱いも定められていた。「ハーグ条約」付属規則が言う「俘虜《ふりょ》は人道を以て取扱われるべし」との条文や、「ジュネーブ条約」第三三条に述べられた「降伏した敵国人は殺してはならない」という条項は、その代表的なものである。

ところが、日本はハーグ条約こそ調印・批准の手続きを踏んだが、ジュネーブ条約では調印したものの批准はしていない。政府はこの条約を「準用する」旨を連合国に通知していたが、自国の兵士や国民に対してはこの国際取り決めを封印してしまって、もっぱら

「戦陣訓」を強調するばかりだった。

各国とも自国に都合よく捕虜の定義を解釈する傾向は強く、国際条約はけっして公正で万全のものだったわけではない。とはいえ、国際社会が曲《まが》り形《なり》にも捕虜への虐待や報復行為を戒める方向に動きだしていた事実を知らぬまま、日本人はひたすら捕虜は恥辱、捕虜になるぐらいなら死を、と教えられつづけたのだった。芦屋基地の憲兵達もまた、そのような日本人の一人ひとりだったのである。

6　逃走のシナリオ

ここでもか。パットは苛立った。

姓名・年齢と所属、認識番号、階級。合衆国軍人としての身分を明らかにし、捕虜として正当な処遇を受ける。それは新兵の頃から何度も聞かされた捕虜としての心得の中でも、真っ先に教えられた手順だ。それは国際条約に定められ、各国共通のルールなのだとも聞かされていた。そのルールが、ここではまるで通用しない。尋問される前から進んで名乗りを上げているのに、日本兵にはまるで通じない。紙に書こうと提案すればわめき散らし、挙げ句の果てにロープや竹の棍棒《こんぼう》を振り回される始末だ。

〈こちら側から何か行動を起こさねば危ない〉

このままなすがままにされていたのでは、やがて彼らの暴力は際限がなくなり、とんでもない尋問が繰り返されるだろう。作戦の詳しい内容や自分が熟知しているB29についてのあらゆる情報を、彼らはこの脳髄から絞りだそうとするに違いない。今、敵地に一人取り残された自分にとっての使命は、それを絶対に避けることにある。

日本の憲兵は、それならオレもと言わんばかりに、次々と罵声を浴びせては暴力をちらつかせる。それを何とか受け流しながらパットは、捕虜になった際の自分が教育された基本原則を頭の中で繰り返していた。

〈もし尋問を受けたときには、捕虜として当然のことながら、氏名、年齢、所属、階級、認識番号のみを答える決心である。私はそれ以外の質問には、私の能力の限りを尽くして答弁を回避する。私は口頭にせよ、筆記によるものにせよ、私の国と我が国の連合国への忠誠心に反する、あるいはそのような虞《おそ》れのある宣誓はしない〉

〈もし私が捕虜になったら、私はあらゆる手段を使って脱出を試《こころ》みつづける〉

そう思い起こしていたとき、憲兵達による度を過ぎた悪ふざけがひとまず止んだ。廊下に出た彼らは、ドアの鍵をがちゃがちゃと音を立てて外からかけた。彼らを見送ったパットは、向き直って息を飲んだ。隣の部屋との仕切り扉が開いたままだ。

一人の憲兵がこちらに背中を見せて机に向かっている。その向こうでもう一人が立ち上がり、戸棚の一番上に何かをしまうところだ。何かをつまみ上げ、鼻先にぶら下げて眺めている。それは故国での訓練を終えて南方戦線に向かう直前、父から譲られた懐中時計だった。

あれは出陣前の、つかの間の帰省だった。夜、父から手渡された懐中時計には、新たな刻印が加えられていた。

「祖国とともに　愛を込めて　ティム」

父は息子が大学を中退して軍に入ったのをどう思っていたのか、その日まで聞いたことはなかった。電気技師の父にしてみれば、やがてはパットがより専門的な技術や知識を身につけて自分の跡を継いでくれるのではないかという期待はあっただろう。だから、これから任地に赴くときも、父にどう挨拶したらいいかよくわからなかった。

だが、父は言葉少なにこう言った。

「そこに彫ったのが、父さんが思ってることのすべてだ。もっとも彫ったのは時計屋だがな。どうやら祖国はお前を必要としているらしい。うまく言えないが、父さんたちにとってそれはすばらしくて、誇らしいことなんだ。『祖国』の中にはお前の母さんや兄妹、それに私もいる。お前が世界のどこを飛んでいようと、そのことだけは、忘れずにいてほしい。祖国はお前を信じているし、愛してる」

その記念の時計が日本の憲兵にいじくられているのを見て、パットは怒鳴り声をあげそうになるのを押さえるのがやっとだった。

手前の憲兵が机から体を起こした。パットはとっさに仕切り扉から顔を背け、素知らぬ振りをして窓際から外を眺めた。その直後、仕切り扉が開いているのに気付いた憲兵は、何かをがなりたてながらそれを手荒く閉めた。

〈今の自分にとっての武器は、敵を観察するこの眼だ〉

パットは窓のむこうに広がる滑走路と、その横の駐機場を見ながら思った。

〈ここに連れてこられて、まだ三十分ほどしか経っていない。たったそれだけの観察なのに、もう俺は持ち物がどこにしまわれたかを探り当てた。観察しつづければどこかに脱走の可能性が開けるはずだ〉

観察せよ、考えよ、しかる後に試みよ。それが複雑な機械いじりをする者の鉄則だ。すべてはそこからはじまる。それは幼い頃から、時計をばらしては、また元どおりに組み立てて父を感心させ、ラジオを壊しては母を嘆かせてきた自分がつかみ取った教訓だった。

〈私は脱走をするために各種の努力をし、他の人々が脱走することを援助する〉

脱走は捕虜になった米軍兵士にとって名誉ある戦いの一つだ。それは味方の戦力としての復帰を意味するばかりでなく、敵の後方を攪乱《かくらん》するという効果をもっている。

例えば、あの中の一機を奪ってここを発てば、とパットは駐機場に並ぶ日本軍機を眺めながら思った。あのどれかに乗ることができれば中国へ、運が悪くても沖合の海に飛び出すことができる。それはあながち可能性のない話ではないのかもしれない。この基地は大騒ぎになり、戦闘機乗り達は自機を駆って逃亡者を追い回さねばならなくなるだろう。彼らの本来の任務や休息を妨げるだけでも、それは立派な手柄だ。

彼は兵士の心得が最後に高らかに宣するのを、心の中で復唱した。

〈私はアメリカ合衆国の戦闘員であること、私の行動に責任を持っていること、私の国を自由にしている原理を忘れない。私は神とアメリカ合衆国を信じる〉

脱出に失敗して撃墜されるにせよ、射殺されるにせよ、それは無駄にはならない。その時点で、極秘情報を敵がこの自分から奪い取るチャンスは永遠に失われるからだ。

そうパットが思い至ったとき、隣室で電話のベルが鳴った。

第五章　最後の作戦行動

1　チャンスの訪れ

一本の電話が、芦屋基地の憲兵隊にさざ波のような動揺を走らせた。電話は上部機関である西部軍司令部からだった。受話器を取った憲兵隊長は、電話の向こうからの指示を聞きながらみるみるうちに縮こまり、恐縮したような相槌《あいづち》をうちつづけた。

指示は拘束中の米兵の処遇に関するものだった。

米兵は先般の爆撃に関する重要情報を多数抱えた重要人物と思われる。その情報を円滑に聴取することは、今後の防空作戦の成功の鍵ともなり得る。英語に心得のある通訳官と技術将校によって明日聴取の予定であるが、聴取を円滑ならしむるため、憲兵隊においては特に丁重な処遇に努めるよう厳に命ずる。

命令内容が伝えられると、たちまち憲兵同士の鳩首会議がはじまった。

少なくとも自分達が最前までとった態度は、それとかけ離れたものだったのは間違いない。

「おい、竹刀はまずかったな」

「貴様もこづいただろう」

「怒鳴るのはやめにしないと」

「連中の好物は何だ」

「押収品の中に食い物があった。あれを返してはどうか」

「茶ぐらい出そうか」

「部屋に出入りの際は礼をしてはどうだ」

確たる指針も思い浮かばぬまま、とりあえず思いつく限り穏和な応接を心掛けようと決まった。

ドアがノックされ、ガチャリと鍵が開く音がした。入ってきたのは若い憲兵の一人だった。彼はドアの側で直立し、腰から上をパットに向かって傾けて一礼した。

〈おい、何だ。どうなってる?〉

バネ仕掛けの人形のように折り目正しい礼をされ、パットは面食らった。憲兵は棒きれもロープも持っていない。彼が手に捧げ持ってきたのは、パットの携行食、Kレイションだった。その憲兵はテーブルにつかつかと歩み寄って笑《え》みを浮かべ、パットにKレイションを差し出した。

パットが手を出さずに見ていると、憲兵はKレイションをテーブルに置き、両手でどうぞの仕草をした。戸惑いながらパットは笑顔で「ありがとう《サンキュー》」と答え、この憲兵をまねて上体を倒す礼を返した。どぎまぎした憲兵は頬を紅潮させ、また一礼するとそそくさと部屋を出ていった。

再び鍵が閉まる音を聞きながら、パットは訝った。

〈さっきまでとはまるで扱いが違う。彼らの中で何かあったのだろうか。それにしても、あの慇懃《いんぎん》な礼や無理に作ったような笑顔はどうしたことか?〉

それらはその後も連発された。

一人の憲兵が、日本の緑茶を取っ手のない茶碗に入れて持ってきた。礼に始まり礼に終わる。もう一人が持ってきたのは、水を入れた洗面器とタオルだった。かすり傷のある薄汚れた顔や手を洗えということらしい。意味不明の笑顔が振りまかれ、笑顔が返される。高級将校なみとまではいかないが、ちょっとした接待を受けているような感じだ。

彼らの劇的な態度の変化が、いったいなぜ起こったのかはわからない。だが、理由は何であれ、ひっきりなしに罵声を浴び、こづき回されるよりはましだ。パットは彼らに調子を合わせ、努めて笑顔を絶やさないようにした。彼らの親切に対しては、必ず彼ら流のお辞儀を返した。これがずいぶん日本人を喜ばせることに、パットは気付いた。媚《こ》びを売るのは気持ちよいものではないが、うち解ければ、脱走のチャンスが生まれるかもしれない。パットは愛嬌をふりまきながら、憲兵達の一挙手一投足を観察した。

さっき仕切り扉が開いているのに気付いて怒鳴っていた憲兵が、茶碗を下げに来た。パットは思い切って、彼にKレイションのビスケットを一枚進呈した。彼は躊躇した後、それを一口かじってから何度も頷いてみせ、いい味だという意志表示をムキになって繰り返した。

いつの間にか、滑走路から聞こえてくる離着陸のエンジン音が極端に減っていた。窓を眺めると、あたりは薄暗くなりかけている。特殊な夜間訓練を除けば、視界の効かない時間になると次々に基地に帰投して訓練を終えるのは、日本もアメリカも同じのようだ。今頃帰投後の反省会の席では、隊員達の腹の虫が鳴いているころだろう。

今日、しきりに飛び回っていたのは飛燕《トニー》だった。次々に舞い戻った飛燕は、窓の正面に延びている長い滑走路の右手に整然と並んでいた。だが、パットにとってなじみの深いのは、滑走路の左手に、どちらかといえば雑然と並ぶ隼《オスカー》をはじめとする何種類かの機種だ。手探りするようにして隼のエンジンをばらし、機体の中を走るワイヤーのつながる先を確かめ、その動きを体得したこともあった。

そんな思い出に耽っているときだった。隣の事務室との仕切り扉がノックされ、ガチャリと鍵の音がして扉が開いた。入ってきたのは、Kレイションを旨いと言い張ったあの憲兵だ。彼は茶色いビスケットのようなものが入った小さい紙袋を持ってきて、一片の紙の上に数箇のビスケットを置いた。彼はそのビスケットをかじる仕草をしてみせ、パットに勧めた。パットにもその意図はよくわかった。お返しのつもりなのだ。パットはバリッと音をたててそれを頬張るなり、顔をしかめた。試したことはないが、たっぷり塩水に浸したパンを焦がしたら、こんな味になるかもしれない。その率直な表情が可笑しかったのか、憲兵は声をあげて笑った。調子づいたパットは両の目玉を顔の中心に寄せ、気絶寸前のピエロのような顔をして見せた。男はまた笑った。

そのとき、廊下の向こうのほうから声がした。憲兵はあわてて仕切り扉から事務所に戻り、そこから廊下に駆け出していった。仕切り扉は開け放たれたまま、何かの冗談のようにゆらゆら揺れていた。開きっぱなしの扉の向こうに、もぬけの殻になった事務室の中が見えた。

観察せよ、考えよ、しかる後に試みよ。そのチャンスが訪れたのを、パットは直感した。次にこんな状況が生まれる保証はない。

パットは事務所の戸棚に向かってまっすぐ突き進んだ。躊躇している時間はない。戸棚の一番上の引き出し。小さな箱の中に自分の小物が収められている。懐中時計を抜き取りポケットに押し込む。同じ引き出しの中に、拳銃と布袋に入れられた弾丸も入っていた。これをひっつかむと、パットは格子のはまっていない事務所の窓から飛び出した。

2　エンジン始動

走りながらパットは搭乗する機を探った。目は自然に慣れた隼《オスカー》のほうを向く。いくつもの機を試しているゆとりはない。今頃は脱走が知れ、非常ベルが鳴っているだろう。最も滑走路に近い一機に目を付けたパットは、滑走路を一気に駆けて横切り、その機体によじのぼった。

日本人の体格に合わせた狭い操縦席。その中に体を押し込み、エンジン始動スイッチに手をかける。賭だ。オンに切り替える。乾いた音が一つしただけで、エンジンは反応しない。

声が聞こえる。司令部とは別の方角からも、怒鳴り声がした。基地の航空兵達が異変に気付いたに違いなかった。顔を上げてその様子をうかがう暇はない。もう一度だ。始動スイッチを入れた。エンジン音がせき込みながら息をはじめ、パットは前を向いた。滑走路が広がっている。左手に向かって離陸し、そのまままっすぐ響灘へ。操縦桿を動かした。

だが、機体は全く動かなかった。

操縦桿は駆動装置との連結が外された、ただの棒だった。整然と並ぶ飛燕《トニー》に対し、どこか乱雑に放ったらかされている隼。こちら側に並ぶ隼以下の各機は、修理を待つ故障機の群だったのだ。

ばらばらと足音が聞こえた。操縦席を飛び出したパットは一気に駆けだした。滑走路をはずれ、周囲の草地の中を司令部や兵舎が並ぶのとは逆、海岸の方角に向かって走る。走りながらパットは、前方に黒々とした林が広がっているのを見た。滑走路の先端からやや西に寄った一帯が、広大な松林になっている。あの中に駆け込もう。夕闇の中に浮かび上がる黒い林は、ちょうど水平線に浮かぶ島のように見えた。

成都から出撃して以来、笹藪の中でまどろんだ以外は休息らしい休息をとっていない。体はきしみ、肺はどこか与圧漏れを起こしているように苦しかった。それでも走りつづけるうちに、パットは潮の匂いをかいだ。

波の音が聞こえる。それは松林を吹き抜ける風の音と混じり合い、今自分は海のただ中にいるのではないかと思えてくる。飛び出すことのかなわなかった海だが、その音を聞きながらパットは、何かを成し遂げたような思いに満たされていた。

クルーとともに、標的であるコクラの兵器製造工場に見事に爆弾を命中させてから、まだ三日と経っていない。あの攻撃を成功させただけでも、自分達はよくやったと思う。暗い街の中に標的を探し当て、対空砲火をものともせずに低高度爆撃をつづけたのだ。誤算があったとすれば、上から襲ってきた屠龍《ニック》だった。あの屠龍が迎撃態勢を整えているとは、自分ばかりではなく爆撃兵団の誰もが予想もしていなかっただろう。イーガン達をまとめて死に追いやったあの一撃は、明らかに重爆撃機に対して準備されたものだった。だが、そこで自分はやられっ放しでは終わらなかった。敵の軍事基地で捕虜になりながら、監視の兵士達を出し抜いて、今またこうして、自分の意思で歩き回る自由を得た。爆撃機の機長としての任務だけでなく、捕虜としての任務も全うして機密を守り抜いてきたのだ。

だが、それにしてものどが渇く。全身汗だくになって駆け通し、この松林に飛び込んだのだ。水がある場所に出なければ、この先の逃避行は難しい。移動するなら暗いうちだ。

パットはポケットをさぐり、あの基地司令部の一室から奪い返したリボルバーと弾丸を取り出した。今度敵と遭遇したら、のっけからねらい打たれることも覚悟しなければならない。パットは弾倉に弾をこめ、松林の中を歩いて基地の西に向かった。

基地に連行される途中、基地の南のほうには水田《ライスフィールド》が広がり、いくつもの水路が流れているのを見た。あのあたりまで南下できれば、水にありつくのは簡単だろう。基地から一キロメートルほど西を南に下りはじめると、まもなく松林を抜け、基地全体を乗せた丘陵地の外縁に出た。ここはまだ軍の敷地なのだろうか。人家も耕作地もなく、雑木林と基地との間を深い草地が覆っている。その草地をパットは南に下りつづけた。

二時間ほど歩いた後、低い丘陵が途切れる斜面に出た。眼下には一面の水田地帯が広がり、それは薄い黄金色の光が混じりはじめた朝もやの空をぼんやり映しだしている。

急がなければ空が明るくなる。パットは草で覆われた斜面をずりおちるように下り、水田地帯のはずれに降り立った。淡い光に照らされた田園は、まだひっそりと眠っていた。

どこからか水が転がるように流れる音が聞こえる。水田地帯の少し奥まったところを、緑のベルト（農道）が横切っている。このあたりに水を分配する小さな川、あのゆったりと流れていた大きな川の支流だろう。パットはその小川目指して足早に歩きはじめた。

雨の多い季節なのだろう、小川の水量は豊富だった。パットは両手を小さなボウルのようにして何杯もの水を飲んだ。小川に手を浸し、水をすくい上げて口元に運ぶほんの一時。その短い一息の間、パットの前からは戦争が消える。ただ、渇いてひりついた喉を潤す透明な水。それだけがパットを満たした。

体を起こして立ち上がったとき、すぐそばでヒエッという女の声がした。振り返ると、小川を見下ろす小道に年かさの女がいた。女は息を呑み、悲鳴にならない悲鳴を上げた。手には鍬《くわ》を携えている。こちらを見下ろす目は大きく見開かれ、口元にはおののきが走っていた。すぐにも叫びながら駆け出しそうな女の姿を見て、パットはすばやくリボルバーを抜き、銃口を女に向けた。撃鉄に親指をかけた。

〈これは俺の使命か？〉

違う、と親指は言っていた。

農婦は今日も自分の生業に励もうと、誰よりも早く起き出して来ただけに違いない。丸腰の女を撃つのは、爆撃の使命とも後方攪乱の任務とも無関係だ。

ここで見逃せば、女は集落に戻ってアメリカ兵を見たと触れ回るに違いない。

〈だが、それが何だ？　この女がいなくても、やがて誰かが俺を見つける〉

いずれ運命の時は来る。その時、民間人を、それも女を殺して逃げ回ったアメリカの兵隊として殺されるのはごめんだ。パットはリボルバーを腰にしまい、農婦に行けと顎をしゃくって合図した。初め後ずさりしていた女は、少し離れたところまで行くと、きびすを返して走りはじめた。やがて遠くのほうで、女の叫ぶ声がパットの耳に聞こえた。

3　包囲網

借家住まいの権藤宅に、Ｐ地区に駐在する巡査がやってきたのは夜十時のことだった。突然の訪問に恐縮しながらも、巡査は前につんのめるように用件を切り出した。

「先生、申し訳ないが、明日朝一番で憲兵隊に出向いて下さい。憲兵隊から車が来ます」

「憲兵隊に私が？」

「あの米兵、逃げたそうです」

「逃げた？　憲兵隊の所からですか？」

「いやはや、あの憲兵隊に拘束されながら逃げるんじゃやから、油断ならんです。電話してきよった憲兵も狼狽してから、声がふるえちょりました」

「しかし、なぜ私が芦屋まで？」

「山狩りに力ば貸してほしいと」

「また、山狩りですか？」

自分の声がうんざりした表情をたたえているのを、権藤は感じた。すでに丸二日間、教練も授業も潰して生徒達とともに米兵探索に協力した。生徒達に無茶をさせてはならない、むやみに危険にさらしたくない。よりにもよって自分で米兵を捕らえる結果になったものの、自分は憲兵でも巡査でもない。もういいだろう、という思いがある。

「あの米兵が先生には黙って手を挙げたというのを聞いて、憲兵隊は藁にもすがる思いらしいんですな。あの米兵、できれば、また生きたまま捕まえたいということです」

「いったい、憲兵隊で何があったんです？」

こう尋ねる権藤に、巡査は一瞬躊躇した後で言った。

「うん、誰よりも危険に身をさらして米兵を見事拘束したのは先生です。その米兵をみすみす逃したからまた来てくれ、では済まんですな。私もそうはっきりとは言いませんでしたが、手柄のあった先生、公務多忙の方に説明する必要があると言って、いくらか聞き出しましたよ」

巡査はそう言って、何とか聞き出した逃亡のあらましを語りはじめた。

米兵を手なずけにかかったのだろうか、憲兵達は茶を出したり、煎餅をくれてやったりしていた。そのとき、米兵の相手をしていた憲兵が呼び出され、米兵を残して部屋を出たという。しばらくしてその憲兵は、自分を呼んだ同僚と談笑しながら戻ってきた。煎餅をかじった米兵は目を白黒させたのだと同僚に話して聞かせながら、彼は手に一組の蒲団を抱えていた。米兵を閉じこめた取調べ室には、寝具の備えはない。そこで最初蒲団を取りに出た憲兵が、手伝えと声をかけ、二人で寝具一式を揃えて運んできたのだった。

憲兵は蒲団を両肘と顎で捧げ持ちながら、取調べ室の扉の鍵を開けた。

「鍵がガチャリと回るその時まで、その憲兵もまさかこんなことになるとは思わなかったでしょうな。いや、あるいは、何か不吉な思いがよぎったかもしれんです」

扉が開くその瞬間を思い浮かべるような顔つきで、巡査は権藤に言った。

扉はすぐに開いた。そのとき、その憲兵たちの目の前に広がったのは、誰もいないがらんとした取調べ室だった。数分前まで真ん中の椅子に腰を下ろしていた米兵の姿は消えていたのだ。

「机の上に無造作に置き去りにされた煎餅のかけらを見て、憲兵は全身の血の気《け》が引くような思いだったでしょう。途方もないしくじりをやらかしたわけですよ、その憲兵は」

取調べ室には二つの扉があるのだという。事務室に通じる仕切り扉が、開け放たれたままになっている。件《くだん》の憲兵は、仕切り扉から事務所を通って外に出るときに鍵をかけなかったのだ。失態を悟った彼は、抱えた蒲団を傍らに置くのも忘れ、惚《ほう》けたような叫び声をあげるしかなかった。

「おおい、脱走！　米兵脱走！　その声で憲兵隊じゅうが大騒ぎになったちゅうわけです」

事務室の窓が開いているのに気付いたのは、傍らの同僚のほうだった。廊下をどすどすと走る音が聞こえ、すぐに数人の憲兵や航空隊の兵士たちが事務所に駆けつけてきた。

「同僚が開いている窓を指さすのを見て、彼らは雄叫《おたけ》びばあげながら滑走路のほうに走り出して後を追ったちゅうことです」

煎餅を与えた件《くだん》の憲兵は、最前仕切り扉を開けたままにした同僚に「不用心な」と怒鳴ったばかりだったそうだ。だが、あろうことかその自分が、その言葉を立証して見せてしまった。情けなさと恥ずかしさ、そして重大な失態の責任を軍法会議で厳しく問われるかもしれぬという恐怖。

「その場から消えてしまいたいような気分でしょうな。でも、それはこの憲兵隊の隊長だって同じことですよ」

一刻も早く生きて捕らえなければ、憲兵隊の過失が厳しく問われる。部下の失態を知った憲兵隊長がまず思ったのは、自分の組織の責任問題だった。事を大きくせぬためには、隊の人員だけで処理したいというのが本音だ。だが、滑走路を駆け抜けた米兵は、夕闇に紛れて三里の松原方面に行方をくらませたという。広大な松林を巧みに縫って歩き回れば、基地の西側にまわりこむこともできれば、東に抜けることもできる。もはや、自分たちだけで事を処理する時機は逸していた。

隊員だけでの探索にはもはや自信はもてない。

「もう、お手上げっちゅうわけです。憲兵隊長は芦屋の役場関係者を中心に協力を求め、早朝からの山狩りを依頼してまわったようです。そのうえで、はたと思い当たったのが校長先生だと言うんですな」

それは最初にこの米兵と出会い、曲《まが》り形《なり》にも意志を通じ合わせた人物だった。この教師の助力が得られれば、うまくすれば再び米兵に投降を促し、生きたまま米兵を捕まえる場面も出てくるかもしれない。何とか失態の傷を最小限にとどめたい憲兵隊長は、苦し紛れにこう考えたのだった。

多少色はつけましたが、ざっとそんな次第です、と巡査は言った。

「最初は憲兵も口が固くて難渋しましたが、向こうも先生にお出まし願いたい一心なんでしょうな。それに、根ほり葉ほり尋ねて調書を作るのは、まあ本職のお家芸みたいなもんですから」

憶測混じりとはいえ、巡査の語る顚末を聞いて権藤はため息をついた。

〈やはり、あの米兵は手強い兵士《つわもの》だったのだ〉

権藤は、投降した米兵が見せたあの不思議な笑顔を思い出していた。ここでは殺し合いはせずにおこう。そう言いたげな余裕のある笑顔を、次に出会ったときもあの米兵は見せてくれるのだろうか。憲兵隊への出頭を承諾した権藤は、再びまんじりともせずに夜を明かした。

4 瞳の中の故郷

農婦を見逃した後、パットは用水づたいに遠賀川を目指した。川岸は深い草に覆われていた。その一帯に身を隠し、少しでも長く潜伏を試みようと考えた。はじめ、彼は用水の水際を歩いたが、やがて徐々に水かさが増し、水際に歩くだけの足場を確保できなくなった。彼はその用水をやや離れ、水田の畦道《あぜみち》を行くことにした。

だが、畦は狭い。三日間の逃避行で足はもつれ、その狭い小道の上をたどるのは容易ではなかった。足の運びを誤ったパットは、やがて右足を畦の外にずるりと踏み外した。大きく体が揺らいだ。泥沼のような水田に吸い込まれるように沈んでいく右足を抜き上げようと懸命に力《りき》んだあまり、パットは残る左足も粘土質の水田の中に踏み込んでしまった。

地中深くまで水を含んだ粒子の細かな粘土が、パットのブーツをくわえ込んだ。足を引き抜こうと踏ん張れば、その踏ん張りがそれだけ地中深くへと足を食い込ませる。それを繰り返すうち、パットは膝下までを異国の大地に吸い込まれた。

男の太い声が聞こえたのはそのときである。

「いたぞ！　脱走米兵だ」

探索隊がばらばらと川のほうから畦づたいに駆け寄ってくる。猟銃や竹槍で武装した初老の人々だ。

その場から半歩動く自由も、足を大地につかまれたパットにはなかった。パットはリボルバーを取り出し、頭上にかざした。駆け寄ってくる日本人達の動きは一瞬止まったが、彼らは再びゆっくりと包囲の輪を絞り込みはじめた。

〈あんなお年寄りまで。日本人とは、じつに勇敢な人々だ。この人々をリボルバーで脅し

ても無意味だ〉

リボルバーに残された最後の使い道を試す時が来たのを、パットは悟った。軍事機密がしまい込まれた秘密の箱を、敵に開けさせてはならない。その箱を自ら壊すのだ。頭上にかざしていた拳銃を、彼は飛行服の前をはだけた左胸に当てた。

祖国はお前を信じている、と父は旅立つ息子に言った。その祖国には、父母や兄妹がいることを忘れるな、とも。

〈最後まで忘れなかったよ、父さん。そのためにいくつもの使命を果たしたんだ。後は、神と合衆国を信じて俺自身が決めることだ〉

引き金、体の内から弾《はじ》ける轟音、そして静寂。

のけぞったパットの瞳に、島国の空が小さく映り込んでいる。雲がゆっくりと流れていく。雨の季節の晴れ間、雲の切れ目からは朝の青空がのぞいていた。

風が吹いた。

やがて動きの早い雲が一つ過ぎ去り、つかの間の太陽が、島国の丘を、川筋を、人々の日々の暮らしを支える田畑を照らす。アイリッシュブルーの瞳の中で、空が黄金色に染まった。懐かしい日の光を浴びて、瞳はその奥底で最後の光景を見る。

ゆっくりと、雲がゆっくり流れていく。その雲の流れ来る先をさかのぼると、アメリカ大陸の西側に連なるロッキー山脈の山並みが見える。アイオワ州、デ・モイン郊外の窓からロッキーの山並みまで。間を埋めるのは広大な平原、そして青空。

空の青みがやがてまばゆい光で溢れ尽くし、その直後すべてが虚無へと転じた。

5　とっさの敬礼

「結局、この男は自決のときの一度きりしか、拳銃の引き金を引かなかったんだな」

芦屋基地の敷地のはずれにある山林で、燃えつづける荼毘《だび》の炎を挟んで権藤と向き合う位置に立つ長老格の男が言った。

それに答えて別の農夫も言った。

「ああ。野良に出ようとした女と出くわしたときも、この男はわざわざ見逃している」

「米兵は軟弱だと聞かされていたが」

と、消防団の一人が言う。

「この米兵、日本人を一人も殺《あや》めず、いよいよ追い詰められたら自決を選んだ。敵とはいえ、この振る舞いは……」

「うん、そうだな」

訥々《とつとつ》と心中に秘めていた思いを語り合う、ひっそりとした会話がつづいた。


探索には間に合わなかった。憲兵隊差し回しの三輪オートバイに乗って芦屋に到着したとき、すでにあの米兵は自決し、遺体がこの敷地の中に運び込まれたところだった。

探索にあたった芦屋の農夫達から、米兵を荼毘に付するようにと憲兵隊からの指示が出ているのだと権藤は教えられた。米兵が自決した後、駆けつけた憲兵隊は、探索にあたったごく限られた者達の手で遺体を火葬するように命じたという。例によって憲兵達は農夫達に、他言は無用と繰り返した。自らの失態が世間に流布《るふ》することを、少しでも防ごうとする事後の処理だ。うず高く積み上げた薪の下で、権藤や農夫達が焚き付けを燃やしはじめたのを見て、立ち会いのために付き添っていた憲兵はそそくさと兵舎に戻っていったところだった。

だが、この一件に多少なりとも関わった川筋の人々の思いの中に、若いアメリカ兵の三日間の足跡は鮮烈だった。

権藤は長老格の男から、芦屋町での探索の経緯を聞いた。その話の中で長老が力を込めたのが、追い詰められてもなお民間人、とりわけ女を黙って見逃した振る舞いのことだった。

米兵は脱走時に自分の拳銃を持ち出している。土地勘があるとはいえ、暗がりの中で山狩りを強行するのは無謀だ。どの地区も、早朝からの探索を申し合わせ、集落の辻に不寝番を立てた。Z地区で野良仕事に出ようとした農婦が、米兵と出くわした。米兵は何もせずに見逃したそうだ。その情報がZ地区の探索班に伝えられたのは、早朝の六時をまわった頃だったという。

行き違いで外出禁止の通達を知らなかった農婦は、いつものように空が白みはじめる頃には起きだし、一仕事するつもりで野良に出た。用水路でかがみ込む人影を見つけて声をかけようと近付いたのだが、それが米兵だった。

その情報は、すぐに他の地区の探索隊にも伝えられた。基地のある丘陵の外縁に人を配置し、脱走米兵が基地周辺から現れるところを狙おう。そう打ち合わせていたところに、農婦からの情報が入った。

探索隊ではひとしきりこの話でもちきりになったと、権藤の前で長老は振り返った。

「拳銃を手に持ってたのは間違いないそうだ」

「だが、見逃したとはどういうことじゃろうか」

「うん、見逃せば女がそこいらじゅうに触れ回るのはわかりそうなもんだが」

「女子供には手を出さんということかのう」

「武士道精神か」

「武士がアメリカにいてたまるもんか」

欧米人を間近に見たことなどない人々は、米兵の不思議な振る舞いに自分たちの道徳を重ね合わせ、あれこれと憶測を重ねるばかりだった。

「自分も大いに感ずるところはあったのだが、そうは言っても野放しにしておくわけにはいかん。『詮索はあとのこと。まずは捕まえんと』と言って、みんなに腰を上げさせました」

予定を早め、人々は夜があける前から行動を準備していた。猟銃や竹槍を持った年輩者を中心とする十数人は、農婦から知らせのあった方角を目指して急いだ。

水田地帯だから身を隠す場所は少ない。脱走米兵にしてみれば、丘陵地のほうへ駆け上がって基地の周辺に身を潜めるか、水田の用水沿いに遠賀川のほうに向かうか。そのいずれかと思われた。自分たちは用水路沿いを。そう決めて探索を始めて間もなく、田のぬかるみに足を取られた米兵の姿を見つけた。

「悪あがきもせず、静かな自決じゃったですよ」

そう語る長老の言葉は、最初にこの米兵と対した権藤にとっても得心のいくものだった。

この若いアメリカ人はひたすら無意味な殺傷を避け、しかし、敵軍の隙を衝く脱出行には命をかけた。成すべきことをすべてやり尽くした上での自決。それこそが真に名誉ある死だと、生徒達に訓示したことが思い出される。まさにそのような死を目《ま》の当たりにした権藤は、米兵と山林で対峙したあの瞬間を燃え上がる炎の中に思い浮かべた。

仮に自分が探索に間に合い、再び彼と相対したとき、自分に対してならば彼は再び投降しただろうか。

そうは思えなかった。細かな事情は知らぬが、彼は投降して脱出を試み、果たせずに自決した。すべてやり尽くしての上である以上、誰が向かっていってもあの男は見事に自決したに違いない。

不意に、気持ちを抑えられぬという口調で一人の村人が言った。

「これは、名誉の戦死に準じた弔いが必要だ」

男達は黙って頷いた。

「軍の作法をきちんと知ってるのは校長先生だけだ。ひとつ先生、この米兵のために」

促された権藤は、探索に備えて携えてきた木刀を手に取った。

火煙に向かって全員起立したのを見計らい、権藤は木刀を額にかざし、正中線に沿って直立させた。

「捧《ささ》げー銃《つつ》」

号令をかけるやいなや、自らは木刀を右斜め下に一直線に保った。

ひっそりと、だが、力強い号令に呼応して、集まった男達十数人はそれぞれの得物で捧げ銃の礼をとった。日本男子にとって最も誉れ高い敬礼の作法に則り、川筋の者達は一人の米兵に別れを告げた。

「敵兵に捧げ銃を？」

それまで目の前でじっと耳を傾けていた香田中佐が、ちょっとまぶしそうな顔をしたように見えた。

久しぶりに青年学校での通常校務に復した権藤のもとに、米兵との遭遇以来の事情を聞きたいと一人の技術将校がやってきたのは、米兵を荼毘に付したその日の昼下がりである。香田というこの中佐は、憲兵隊での事情聴取を打ちきり、その足でこの青年学校にやってきたのだと、ため息混じりに言った。

香田中佐は、あの米兵を尋問することになっていたという。その米兵があろうことか憲兵隊のもとから脱走し、水田の中で自決した。思いも寄らぬ連絡を西部軍司令部から受けたのは、中佐が芦屋に出向こうとする朝のことだった。

「詳細を民間人であるあなたにお話しするのには、多少のはばかりがあるのだが」

そう前置きした香田中佐だったが、話しぶりは率直だ。

皇国の命運がかかっているとさえ思い詰めた尋問の相手は、こちらの意図を見透かしたようにあっけなく秘密をあの世に持ち去ってしまった。その事実に、自分ばかりでなく軍上層部も愕然としているのだと、香田中佐は低い声で権藤に打ち明けた。落胆の色を隠せない技術本部は、ともかく米兵が身柄拘束されてから自決するまでの経緯を調査報告せよと、中佐に投げやりに命じるのがやっとだったという。

「とりあえず現地、憲兵隊に出向いていたのですが、これが要領を得ないことはなはだしい」

香田中佐によれば、芦屋の憲兵隊長は米兵を死なせてしまったことに平身低頭しながらも、拘束していた米兵がどうして逃げ出したのか、肝心の部分の説明はどこかぼんやりしていた。

「『厳重なる監視下、不敵にも脱走したる米兵をその場で射殺することは容易なるも、重要なる尋問ありとの指示を深慮の上、敢えて射殺すべからずと……』これではなぜ脱走を許してしまったのか、説明になっていない。尋問さえ予定されていなければこんな騒ぎにはならなかったと言わんばかりだ」

むやみに角張った言葉で自分達の責任を巧みにすり抜けようという憲兵達の意図は、技術屋の自分にもすぐに透《す》けて見えた。そう言って、香田中佐はいわば同じ陸軍の身内に当たる憲兵隊を手厳しく批判した。その率直な物言いに、権藤は好感を持った。

憲兵達の報告にうんざりした自分は、米兵を最初につかまえたという先生のほうが、よほど死んだ米兵の人となりについて多くを語ってくれそうな気がしたのですと、香田中佐は来意を説明したのだった。

あの空襲以来の山狩りから米兵との対決、そして憲兵隊での荼毘の模様までを、権藤は中佐に語った。敵兵に捧げ銃をしたのかと問われても、米兵にある種の畏敬と共感の念を抱いていることを権藤は隠すつもりはなかった。

「ええ、それが遺体を焼いていた私達の、正直な気持ちでした。しかし、おとがめがあるなら、全責任は私にあります。捧げ銃の号令をかけたのは、この私。他の者は、ただそれに従っただけですから」

「とがめだてなど」と中佐は微かに笑顔を見せながら言った。

米兵からB29の秘密を聞き出すことがもはやかなわぬ以上、一連の顚末をあげつらったところで意味はない。

「だいいち、それをあげつらえば、一番困るのはあの憲兵達でしょう」

権藤先生や村の男達の純粋な義侠心に難癖をつけるのならば、米兵を取り逃がした憲兵隊の曖昧な報告も洗い直し、その不行き届きも合わせて厳しく処断しなければ釣り合いがとれなくなる。そうなれば、一件は軍法会議沙汰。それは来るべき空襲への備えにも敵機撃墜にもつながらぬ、内輪の悪者探しでしかない。権藤は中佐がふっきれたような顔でそう語るのに、黙って頷いた。

権藤は、青年学校の職員室の窓越しに空を見上げて言った。

「あの雲の上からこの九州は、この日本は、どんなふうに見えたのでしょうか」

「それこそ、自分も米兵に問いたかったことです」

中佐がつぶやくように答えるのを聞き、権藤は失われたものの大きさを思った。敵は要地の地理をどの程度把握して夜間の爆撃に臨んだのか、どのような装備が、彼らに夜間の爆撃を可能ならしめているのか。そして米軍の重爆撃隊はこの先、日本にどのような攻撃を仕掛けるつもりなのか。その一つ一つが、自分や教え子達の命運を決することがらであるに違いない。

だが、もはやそれをあらかじめ知る道は断たれた。我々はこれから襲い来るものをいかにして待ち受け、いかにすればくい止められるのか。それを問うても、確たる答えを銃後の国民に示せる者はいないだろう。

空には相変わらず雲は少なく、梅雨空らしからぬ青空が広がっていた。その青空を凝視する権藤の耳に、権藤に聞かせるためとも独り言ともつかぬ香田中佐の呻くような声が聞こえた。

「ひどい嵐がきっと来る。繰り返し、幾たびも」

エピローグ

遠く故郷を離れ、自ら死を選んだ若者。公の戦史で語られなかったその軌跡をたどり終えた私は、その魂の行方を思わずにはいられない。誰一人自らを知る者のいない異郷での死は、若者の魂に安住の地を与えただろうか。痛ましくも気高い最期を選んだ魂を、意気に感じた日本人たちは心を込めて送ろうとした。ならば、その葬送の念に励まされた若き魂は、再び故郷の大空に向かって駆け上がっていきはしなかっただろうか。今、私の中にはそのような幻影が息づいているのだ。

茶毘の炎から煙が上がる。遠賀川下流域に立ち上った煙は、湿り気を帯びた六月の空気を突いて空高くに昇り詰めた。煙が大気の中に溶け込み、その輪郭を失ってなお、目に見えぬ気体や粒子のいくらかは雲を抜き、やがては上空一万メートルもの高空でジェット気流に乗る。気流は西から東へ。日本列島から太平洋を越え、やがてはアメリカ大陸の高空を吹く風となる……。私は若者の魂の回帰をこの気流に託し、想い願うのである。

さて、そのような幻影に惹かれながら気流について調べるうち、私は第二次世界大戦末期の日米の間には不思議な因縁の糸が結ばれていたことを知った。

日本から太平洋に吹き抜けるジェット気流の速度は、六月に時速一二七キロメートル。それがやがて十一月には一七六キロメートルとなり、年を越えて二月には二七四キロメートルにも達する。

その風を待ち望んでいたのが、あの「ふ号兵器」、高性能無人気球爆弾であった。秋深い十一月、茨城県の太平洋岸から「ふ号兵器」が空に放たれ、以来九〇〇〇発以上がアメリカ本土を目指した。アメリカ本土に到達したのは、確認されただけでもそのうち三〇〇発ほどと言われ、一九四五年五月にはオレゴン州の森の中でその一発によってアメリカ人六人が死亡した。この六人は、日米戦争のアメリカ本土における唯一の犠牲者だと言われる。

さらに特筆すべきなのはこれに先立つ三月、ワシントン州ハンフォードに到達した「ふ号兵器」の軌跡であろう。ハンフォードでは原爆用のプルトニウム精製工場が操業中だった。「ふ号兵器」はその送電線にひっかかり、工場は三日間操業を止めたという。

やがてこの工場で作られたプルトニウムを用いた原爆が、八月九日に長崎に投下される。後世「長崎型」と呼ばれるこの原爆だが、投下寸前まで長崎を標的としていたのではなかった。天候不順のために投下が見送られた爆撃第一目標。それはコクラだった。小倉陸軍造兵廠で製造された「ふ号兵器」と原爆。日米それぞれの最新兵器は、ごく近いところで対峙していたのだ。

だが、じつを言えば、原爆投下が計画された戦争終結目前の時期、すでに小倉陸軍造兵廠はもぬけの殻と化していた。

一九四四年六月、この物語の主人公達が決死の覚悟で第一撃を加えた同造兵廠は、その後の米軍機による偵察によって大規模な工場群のほんの一部にしか損害を与えていないことが確認された。これを受け、第20爆撃兵団は二ヵ月後の八月二十日、第二陣のB29に再びコクラを狙わせたが、ここでも日本軍防空部隊の猛反撃を受け、造兵廠を目前にして撃墜されたB29一機は市内に無惨な残骸を晒《さら》した。これを受け、更迭されたウォルフ准将に代わって兵団長に赴任したルメイ少将は、B29による戦略爆撃を、軍事目標に対する「精密爆撃」から都市の「無差別爆撃」へと大きく舵をきったのだった。

一方、二度の防空戦を戦い抜いた日本陸軍上層部は、小倉造兵廠に対する米軍の空爆が以後も繰り返しつづくものと判断した。工場建屋群はそのままにして、一斉疎開を断行すべし。その決定に応じ、重要な工作機械類が工員や学徒動員の（旧制）高校生、それに女子挺身隊の高女生もろとも移動を開始したのは、一九四四年十一月のことであった。東洋一の兵器製造工場群は、大分県の名勝耶馬渓《やばけい》で知られる一帯の山に分け入り、複数の秘密工場群に散開して生産をつづけた。

かくしてすでに抜け殻にすぎなくなっていたこのコクラを、米軍が一九四五年八月の終戦間際まで攻撃目標にしていた謎はいまだ解けていない。

(完)

あとがき

本書執筆の最初のきっかけとなったのが、今は亡き祖父が古希の祝いの席で語った戦時中の体験談であったことは序で述べたとおりだ。イギリス生まれの父に祖父の話を逐一通訳するうちに、北九州で祖父が遭遇した出来事は私の脳裏にも深く刻みつけられたのだった。その体験談を話す合間に、祖父は冗談話とも受け取れる珍しい一つのエピソードも披露してくれた。私はそのエピソードもよく覚えている。

終戦から二十年ほどが過ぎたある日のこと、祖父は都内のとある洋画専門の映画館の前を通りかかった。何の気なしにその立て看板に目をやると、それには「日米合作映画（一九六四年制作）『あしやからの飛行―朝鮮戦争時の米軍機による水難救出劇―』」と大書されていた。そこに書かれた「あしや」があの芦屋陸軍飛行場のことを指し、その飛行場が戦後の一時期米軍に接収されていたことを、祖父はよく知っていた。もしも、今自分が話している米軍パイロットの存在を誰かが知り、それを映画制作の題材に取り上げたなら、そのタイトルは「あしやからの脱出」となるはずだ。祖父はそう言って苦笑するのだった。

　戦時中に北九州・小倉で祖父が見聞きした出来事と、彼が冗談めかして語った「あしやからの脱出」という幻の題名。これらは折あるごとに私の頭に浮かび、けっして薄らぐことはなかった。そこで今から十年ほど前、外資系の会社勤めに慣れ、母との家庭生活も安定してきたのを機に、私は祖父が語り遺した米軍パイロットの足跡を自ら辿《たど》り、それを書き留めようと決心したのである。

　取材にあたって、私は「あしや」の現場からはじまり、米国にあるこのパイロットの生地に至る道程を逆トレイスする方法を選択した。だが、関係する土地を尋ね、さまざまな資料を繙《ひもと》くうちに、それがなかなか容易ではないことを痛感したのも事実だ。なにしろ主人公は、最新最高の技術・装置の粋を集めた軍用機という豪華な衣装を身にまとい、完全武装して世界の空を駆けめぐった若武者である。その技術の一つを知るにも、彼の足取りの一歩をたどるにも、多くの取材と資料探しに没頭しなければならない。

　だが、幸い、私にはたびたび米国出張の機会があり、多くの知己にも恵まれた。その人達の協力を得た私は、効率的に情報収集することができた。通い詰めた公立図書館では集積されている豊富な資料を入手できたし、本書にはこれらの調査・取材の内容が反映されている。

また、主人公のパイロットが最後の足跡を残していった現場北九州の事情については地元出身のU氏に情報を提供していただいたし、小倉造兵廠の内部事情は、たまたま同造兵廠に学徒動員された経験をもつA氏からお話をうかがった。さらに北九州市立中央図書館では、当時の小倉市内の被災状況に関する貴重な調査資料を閲覧する便宜を、おはかりいただいた。あえて、個々の実名は日米双方ともに割愛することにしたが、これらの方々の陰ながらのご協力に対し、深く感謝の意を表したい。

最後になったが、本書上梓に際しては、文芸社の担当の方々による格別の支援があったことを申し添える。

平成十五年十一月吉日

アガサ・グリーン

【参考文献】

『B29（日本本土の大爆撃）』（カール・バーガー、訳＝中野五郎・加登川幸太郎、サンケイ新聞社出版局、1971年刊）
『第二次世界大戦実戦録（1）日米太平洋空戦史』（ディヴィット・マンディ、ルイス・ノールズ共著、訳＝川口靖、講談社、1983年刊）
『THE BOOK OF AMERIKA』〈「IOWA」P569～572〉（アメリカ大使館広報・文化交流局アメリカン・センター所蔵）
『B―29操縦マニュアル』（編＝米陸軍航空隊、訳＝仲村明子・小野洋、監修＝野田昌宏、光人社、1999年刊）
『第二次世界大戦歴史地図』（編著＝ジョン・キーガン、滝田毅ほか三名共訳、原書房、1994年刊）
『世界全地図・ライブアトラス』（監修＝梅棹忠夫、前島郁雄、講談社、1992年刊）
『地獄の戦場　ニューギニア戦記』（間嶋満、光人社、1996年刊）
『B29撃墜記　―夜戦「屠龍」撃墜王　樫出勇―』（樫出勇、光人社NF文庫、1998年

刊）
『B29対陸軍戦闘隊』〈本土上空戦全10編〉（編纂・監修＝山本茂男、今日の話題社、１９７３年刊）
『本土防空戦』（渡辺洋二、朝日ソノラマ、１９８２年刊）
『近代の戦争』〈第六巻・第七巻〉（大畑篤四郎、人物往来社、１９６６年刊）
『空戦（空の若き英雄たち）』（豊田穣、講談社、１９７３年刊）
『戦闘機入門（銀翼に刻まれた栄光）』（碇義明、光人社ＮＦ文庫、１９９７年刊）
『太平洋戦争航空秘話』〈下〉（秦郁彦、冬樹社、１９８０年刊）
『日本人捕虜　―白村江からシベリア抑留―』〈下巻〉（秦郁彦、原書房、１９９８年刊）
『太平洋戦争　五つの誤算』（奥宮正武、朝日ソノラマ、１９９７年刊）
写真集『明治・大正・昭和、小倉―ふるさとの思い出―』（編＝今村元市、国書刊行会、１９７９年刊）
『週刊新潮』（１９９９年８月12・19日夏季特大号、小倉陸軍造兵廠関連記事）
『兵旅の賦』〈第二巻第三章 P508～512、小倉陸軍造兵廠の沿革記事〉（案浦照彦、史料保存会、１９７８年刊）

『ガイドブック芦屋』（編著＝岬茫洋、芦屋町民生部産業観光課、１９７５年刊）
『風船爆弾　―純国産兵器「ふ号」の記録』（吉野興一、朝日新聞社、２０００年刊）
『中学生たちの風船爆弾』〈さきたま双書〉（中條克俊、さきたま出版会、１９９５年刊）
『天気の科学』〈朝日小事典〉（編＝駒林誠、朝日新聞社、１９７６年刊）
『日本の工業地帯』〈岩波新書〉（編＝山本正雄、岩波書店、１９５９年刊）
「特報」（号外１９４４年６月16日）―Ｂ29北九州来襲の大本営発表（誤認のＢ24を含む）
―　四大新聞合同版（紙不足のため）
『鷲と太陽　―太平洋戦争勝利と敗北の全貌―』〈上下巻〉（ロナルド・Ｈ・スペクター、訳＝毎日新聞社外信グループ、ＴＢＳブリタニカ、１９８５年刊）
『真珠湾　―日米開戦の真相とルーズベルトの責任―』（Ｇ・モーゲンスターン、訳＝渡邉明、錦正社、１９９９年刊）

資料編

米空軍（USAF）誕生までの組織編制沿革史（摘要）

本文に登場する日米の軍用機

米空軍（USAF）誕生までの組織編制沿革史（摘要）

【　】内は戦局に関する特記事項

1914年7月〜1918年5月

第一次世界大戦中、ヨーロッパ派遣米軍の飛行部隊は、在フランス米陸軍飛行隊司令官ミッチェル准将の指揮の下、西部戦線で活躍した。本国の陸軍省では、Aviation Section, US Signal Corps（米通信隊飛行班）が所属部署。

1918年5月〜1926年7月

陸軍省内にAir Service（航空部）を設置。その1年後、第一次世界大戦終戦時2万人いた飛行隊の将校は200人にまで大削減し、1919年から1935年までの間、政府は国防における軍航空隊の機能や組織のあり方について熱心に検討した。

1926年7月〜1941年6月

Air Corps（AC：航空隊）は、Army Air Force（AAF：陸軍航空軍）の前身の呼称として発足。1941年6月、AAFの下部組織になったのちも、比較的規模の大きい陸軍地上部隊に所属する各戦闘兵種（たとえば、戦車隊、砲兵隊、工兵隊など）の一つとしてAir Corps（AC：

航空隊）と名乗った。

【１９３４年、主力爆撃機として双発Ｂ10Ｂ機の量産開始】

１９３５年

陸軍省に半独立の航空総司令部を設置し、すべて航空部隊は、平時は陸軍参謀総長の直轄、戦時には地上戦域司令官に従属する方針をたてる。

【この年、のちにＢ17とよばれる４発新型爆撃機のテスト飛行あり】

１９４１年６月〜１９４７年９月

Army Air Force（ＡＡＦ：陸軍航空軍）に再編成。重要な変更の一つとして、Ｂ29開発計画の推進があった。

【１９４１年６月、ボーイング社は、カンザス州ウィチタにＢ29を専門に生産する新工場建設に着手】

１９４１年10月

Far East Air Force（ＦＥＡＴ：極東空軍）の司令部をマニラに設置し、マッカーサー将軍の指揮下に入る。のち、オーストラリアに移動。

【１９４１年12月７日、日本軍真珠湾空襲、アメリカに宣戦布告。翌８日対日宣戦布告】

1942年1月

new numbered Air Force（ナンバー付航空軍）をAAFの中間指揮組織として編成に着手。極東空軍は直ちに解散して、第5空軍に引き継がれ、ニューギニア戦線を担当。また第8航空軍は、ヨーロッパ方面を担当し、のちに太平洋方面に移動した。

【1942年4月、"Doolittle's Raid"ドゥーリトル陸軍中佐率いる16機のB25（双発爆撃機）は、新空母ホーネットの甲板上から発進し、東京、神戸、名古屋、横浜を奇襲し、日本側の損害は軽微なるも精神的打撃を与えた】

【1942年6月、ミッドウェイ海戦で、米海軍が日本軍空母4隻撃沈、日本海軍の機動部隊に大打撃を与えた】

【1943年3月、ビスマルク海戦で第5航空軍が日本の大護送船団を空襲し大戦果をあげる。同年4月、P38編隊がブーゲンヴィル島上空で山本五十六提督搭乗機を撃墜】

1943年11月

20th Bombing Command（第20爆撃兵団）をカンザス州サライナに配備、ここでは専らB29の乗員養成訓練に当たる。所属各Wing（飛行団）の司令官は、ウォルフ、ルメイ、サンダース各将官。

1944年4月

20th Air Force（第20航空軍）を創設。これは、B29による日本本土空襲を目的とし、航空総司令官アーノルド将軍直属の全く独立した新組織である。第20および第21爆撃兵団からなり、1944年6月15日、北九州に出撃したのは、第20爆撃兵団に所属する第58および第73爆撃飛行団（Wing）のうち、前者のB29であった。

第20爆撃兵団：初代司令官ウォルフ准将、インド方面に進出し、のちハンセル准将が率いてマリアナに移動し、第21爆撃兵団に編入。

第21爆撃兵団：初代司令官ハンセル准将、マリアナに進出。1945年1月以降第8航空軍から転出したルメイ少将が司令官となる。本格的な日本本土の焦土化作戦を展開。

1947年9月〜現在

United States Air Force（USAF：米空軍）誕生。ついに陸軍から完全独立を果たす。時に、American Air Force（AAF）とも呼ばれる。

【米軍側軍用機データ（本文登場順）】

B29（ボーイング社）・米軍通称＝スーパー・フォートレス（超・空の要塞）

出現当時世界最大の量産実用機で、その爆弾搭載量やノルデン爆撃照準器の装備による爆撃能力の高さ、電気制御で遠隔操作できる銃座や要所の装甲による防御力の高さは、戦闘機による撃墜を極めて困難なものにした。専任の機関士を１名配置したのも世界初である。

乗員11名、2,200馬力×４、全幅43.05ｍ、全長30.2ｍ、全備重量47,626kg、最大速度574km／時（高度7,600ｍにて）、巡航速度353km／時、実用上昇限度9,700ｍ、航続距離9,350km、12.7mm機銃×10、20mm機関砲×１、爆弾9,072kg（最大）

B 10（マーチン社）

世界初の全金属製双発爆撃機。従来の爆撃機が爆弾を翼下に懸架したのに対し、機内弾倉内に爆弾１トンを搭載。コックピットは密閉式となり、離陸後の車輪の引き込みも実現された。

乗員３名、775馬力×２、全幅21.49ｍ、全長13.64ｍ、全備重量6,670kg、最大速度346km／時、7.6mm機銃×３、爆弾1,000kg（各データはＢ10Ｂ）

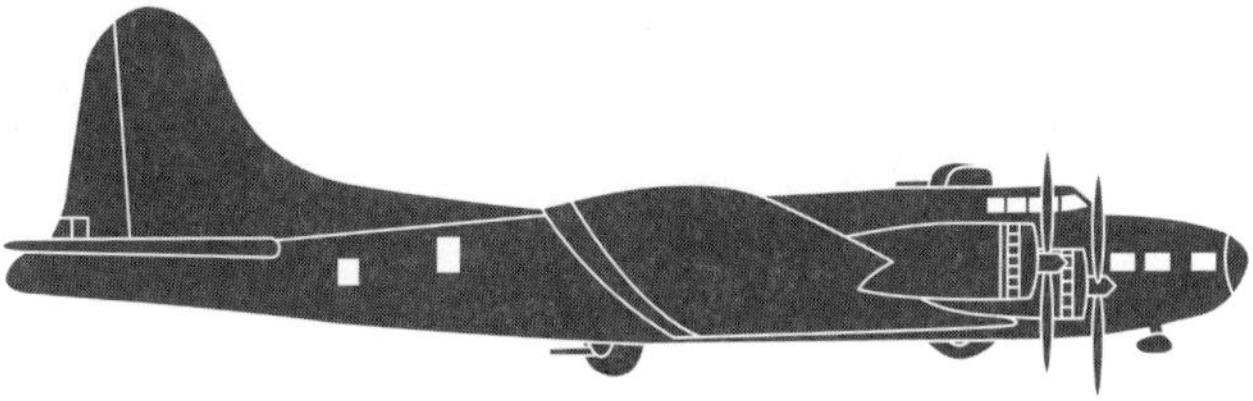

B 17（ボーイング社）・米軍通称＝フライング・フォートレス（空飛ぶ要塞）

第二次世界大戦開戦当時、米陸軍の主力重爆撃機。高空で高速を確保する排気タービン、ノルデン爆撃照準機、強力な防弾・防火設備と防御火力等、以後の大型爆撃機のベースとなる装備をもつ。

乗員７〜９名、1200馬力×４、全幅31.62ｍ、全長22.52ｍ、全備重量24,194kg、最大速度509km／時、12.7mm機銃×10、爆弾2,250kg（各データはＢ17Ｅ）

P38（ロッキード社）・米軍通称＝ライトニング

第二次世界大戦中、米陸軍を代表する戦闘機の一つ。双胴双発の戦闘機で、２基のエンジンパワーにより急上昇性能と高速、長い航続距離を実現。山本五十六連合艦隊司令長官機を撃墜したことでも知られる。なお、37mm機関砲は後に20mm機関砲に改められた。

乗員１名、1,150馬力×２、全幅15.85m、全長11.53m、全備重量6,458kg、最大速度576km／時、37mm機関砲×１、12.7mm機銃×４（各データはＰ38Ｄ）

B25（ノースアメリカン社）・米軍通称＝ミッチェル

双発爆撃機で、改良型も含めて１万機が製造された米陸軍の主要爆撃機の一つ。1942年４月、ドゥーリトル陸軍中佐率いる16機による日本本土初空襲は同機によって敢行されたほか、同機はビスマルク海戦でも使用されている。

乗員５名、1,500馬力×２、全幅20.58m、全長15.67m、全備重量12,200kg、最大速度480km／時、12.7mm 機銃×４、爆弾930kg（各データはＢ25Ｂ）

B24（コンソリデーテッド社）・米軍通称＝リベレーター
B17と並び、B29登場以前の米陸軍における四発爆撃機の主軸。B29による北九州初空襲時、日本側には来襲した敵機がこのB24であると誤認したパイロットもいた。垂直尾翼２枚が特徴。性能があまりよくなかったので、後に輸送機に改装。
乗員９名、1,200馬力×４、全幅33.50m、全長20.20m、全備重量24,000kg、最大速度460km／時、12.7mm機銃×７、爆弾4,000kg（各データはB24D）

【日本軍側軍用機データ（本文登場順）】

零式海軍戦闘機（零戦《ゼロせん》）・米軍通称＝ジーク、ゼロファイター
開戦初期の日本海軍の主力艦上戦闘機。当時としては抜きんでた航続力と戦闘力をもち、陸上部隊でも活用された。初期は米機に対して優位に立ったが、その後新型機が投入されるに及んで、速度の遅さや防御力の弱さを露呈した。
乗員１名、940馬力、全幅12.00ｍ、全長9.06ｍ、全備重量2,335kg、最大速度509km／時、20㎜機関砲×２、7.7㎜機銃×２、爆弾120kg（各データは二一型）

海軍夜間戦闘機「月光」・米軍通称＝アービング

長距離護衛用として開発された複座双発の戦闘機だったが、高速長距離偵察機としての再設計を経て、1943年に夜間戦闘機に改造、採用。胴体上部に斜めにつけた機関砲で敵の大型爆撃機を迎撃する戦法は、陸軍の「屠龍」と共通する。

乗員２名、1,130馬力×２、全幅17.00ｍ、全長12.18ｍ、全備重量6,800kg、最大速度505km／時、20mm機関砲×４

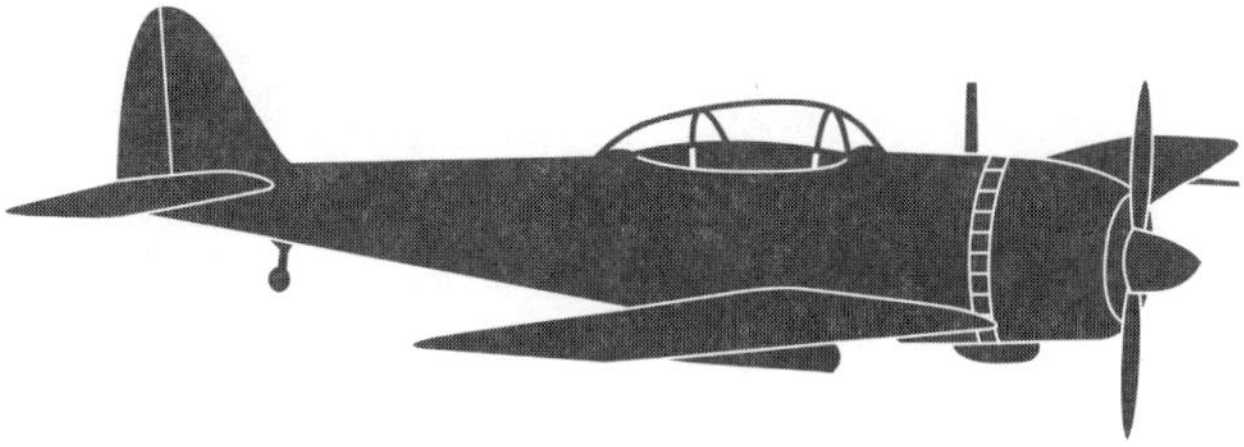

陸軍一式戦闘機「隼」・米軍通称＝オスカー

太平洋戦争に参加した日本軍の戦闘機のうち、海軍の零戦と並んで最もポピュラーな戦闘機。マレー半島やビルマ方面での作戦で活躍したが、米軍機との戦闘の機会が増えるにつれ、弱武装と速度不足ゆえに苦戦した。

乗員１名、1,130馬力、全幅11.437ｍ、全長8.92ｍ、全備重量2,642kg、最大速度515km／時、12.7mm機銃×２、爆弾250kg（各データは二型）

陸軍二式複座双発戦闘機「屠龍」・米軍通称＝ニック
爆撃機援護のために開発されたが、南方ではむしろ対地支援、防空の任務に就いた。その後、座席後方に斜め前上方を向けて機関砲を据え、敵の大型爆撃機を撃破する戦法が考案され、夜間迎撃戦闘機として対Ｂ29戦で活躍。
乗員２名、1,080馬力×２、全幅15.02ｍ、全長11.00ｍ、全備重量5500kg、最大速度540km／時、37mm機関砲×１、20mm機関砲×２

陸軍三式戦闘機「飛燕」・米軍通称＝トニー
太平洋戦争当時、日本で唯一の液冷式発動機を備えた戦闘機だった。ドイツのダイムラーベンツ社のエンジンを国産化したもので、速力、高空性能、急降下性能とも高レベルを誇ったが、液冷式発動機の不調に悩まされ、のちに空冷型発動機に換装された。
乗員１名、1,175馬力、全幅12.00ｍ、全長8.94ｍ、全備重量2,950kg、最大速度590km／時、20mm機関砲×２、12.7mm機銃×２（各データは一型丙）

著者プロフィール

アガサ グリーン（AGATHA GREEN）

1952年　東京に生まれる
1974年　在京ミッション系大学英文科卒業
1993年　本編執筆の準備に入り、たびたびの米国出張時、取材活動を続ける
2003年　現在、東京に在住

まさかの空戦

2004年1月15日　初版第1刷発行

著　者　アガサ グリーン
発行者　瓜谷 綱延
発行所　株式会社文芸社
〒160-0022　東京都新宿区新宿1－10－1
電話　03-5369-3060（編集）
03-5369-2299（販売）

印刷所　株式会社エーヴィスシステムズ

ISBN4-8355-6837-0 C0093